鹽捲狂沙記

五虎崗過客 著

天空數位圖書出版

目錄

鹽捲狂沙記

「今放民於權利，罷鹽鐵以資暴彊，遂其貪心，眾邪群聚，私門成黨，則強禦日以不制，而并兼之徒姦形成也。」

——《鹽鐵論》

一、萬事總有起頭時

鹽捲狂沙記

這日，甘肅鎮鎮番衛昌寧堡上空飛過去的一隻烏鴉，拉下的一坨屎好巧不巧，剛好落在把總楊廣德的頭盔上。楊把總仰頭，開口大罵該死的烏鴉之際，瞧見空中一大片黑點正往他這邊落下來。待定睛一看，那不是黑點，那是，那是，那是飛箭！楊把總心中大驚，往城牆下大喊：「飛箭，飛箭，響馬盜來襲，響馬盜來襲。」負責敲警戒鑼的小兵把鑼敲得震天響。

堡內的軍士們聽聞鐺鐺作響的急促鑼聲，紛紛放下手邊正忙著的差事，跑到兵器庫，領了佩刀、長槍和盾牌，再上城牆，找到自己的位子，將盾牌斜舉在前，擋住來箭。長弓隊與馬隊分別在早已練習不下百次的射箭區和馬隊場就位，就等把總號令。

楊把總雙眼盯著城牆外漫漫黃沙中的無數小黑點，黑點逐漸變大，響馬盜衝過了來。那陣仗啊，看飛揚起來的塵土，可能有好幾百人之多。楊把總舉起黃旗，心裡盤算著，再等一會，再等一會。瞧個準了，就是此刻，手中黃旗往前一揮，後頭的長弓隊，立即送出百發羽箭，嗖嗖嗖往響馬盜方向疾飛而去。

站在黃土夯實，高約三丈的城牆上，楊把總瞧見響馬盜突然分成好幾股，似乎各自張開大網，除了幾隻漏網之箭外，竟然攔住所有的飛箭！這大出楊把總的意料之外。楊把總急忙舉起黃旗，往前一揮，再放，百支羽箭又朝城外飛去。

響馬盜似乎知道楊把總的伎倆似的，原本分成好幾股的馬隊頓時往左右兩側急奔，空出一大片黃沙地，那百支羽箭，一箭不漏，通通射在沙地上，插得直挺挺的。楊把總狐疑著，這響馬盜究竟在玩啥把戲？

就在這時，只見響馬盜兩人一馬，共十匹馬向落箭區奔去。坐在馬背後頭的那人一下馬，便抄起插在沙土上的箭，拉弓，往城牆射去。那抄拉放的射箭動作，一氣呵成。十人齊射，一次十支箭，不一會兒功夫竟射完百支箭，隨即乘馬離去。楊把總瞧見首批飛來的十支箭，越過城牆，全招呼在長弓隊射箭手身上，一片哀嚎聲。長弓隊慌成一團，全往後撤。緊接著第二波，第三波的羽箭抵達，跑不及的，紛紛中箭。

把總見狀大喊，快把傷兵往後拉，快。楊把總嘴裡喊快，卻不料後五批的箭，全往城牆來。嘣嘣嘣，一些箭射中盾牌；唉唉唉，幾個沒躲好的城牆兵士也挨了箭。楊把總大罵，今天咋搞的，射出去的箭，沒射中響馬盜不打緊，還被反射回來。這批王八羔子，日後被老子逮到，非剁成肉醬不可。

敲鑼的士兵跑來跟把總報告，響馬盜已消失無蹤影。楊把總望向城牆外的黃沙地，果然空無一人。響馬盜就像一陣風，衝殺了來，卻又急退回去，真是奇怪。把總令總旗馬方嚴守城牆，他要去見守備胡二郎。

說到昌寧堡的守備胡二郎，楊把總只聽說胡守備因故得罪朝中權貴，被貶到九邊。胡二郎來到昌寧堡時一副失勢不得志的模樣，整日鬱鬱寡歡，多半時間都待在守備官房內喝悶酒。

楊把總來到指揮所門口，守門的小兵說守備有交代不得打擾。楊把總一肚子氣，大聲喊叫，這是啥時候了，響馬盜來襲，軍士受傷，守備說甚麼都要出來瞧一下。楊把總正要強行進去時，見胡二郎身穿常服，從內房緩步走到公廳，說：「把總進來吧。」

楊把總入內見了胡守備，說：「下官有事稟報守備大人⋯⋯」。

話還沒說完，胡守備揮揮手，說：「我都知道了，你下去吧。」

楊把總說：「下官尚未稟報⋯」。

胡守備說：「不過就是一小股響馬盜擾亂安寧，傷了一些兵士，無須大驚小怪。」楊把總瞪大眼睛，說：「兵士受傷非小事，響馬盜膽敢騷擾軍堡，這是大事。」胡守備說：「兵士受傷自有大夫醫治，響馬盜也不過就是癬疥之疾，無須掛在心上。」

楊把總想再說些甚麼，胡守備說：「把總下去休息吧。」見守備不想再說，楊把總只好躬身離去。

回到自己的官房，脫下戎袍，掛好，換上日常便服，踱步到堡內益昌酒店買酒去。

楊把總所在的昌寧堡隸屬甘肅鎮番衛，卻不在鎮番衛裡頭，而是在長城外，是一座孤懸在黃土沙地的軍堡。堡的西邊數十里處有條源自數百里外冷龍嶺的水磨川，在堡的西北邊匯聚成昌寧湖。昌寧堡自設堡以來，在冊常駐軍士約一千人，長弓隊和馬隊各百人。軍堡軍士雖號稱千餘人，若扣除逃亡、病亡等未補的缺額，實際上也只有六百多人。其中更有一些羸弱的軍士，整座軍堡可說守堡有餘，開門擊匪不足。

堡內也住有軍士的家屬和餘丁，還有經營小生意的飯館、茶肆和酒店，有時也會有做邊疆生意的各色商人來到這裡。此外還有各府押來的流放犯，人數近百人，平日做些苦力工，如補修軍堡城牆、挖掘壕溝、清理穢物、協助農耕。

楊把總進了酒店，酒保過來打招呼，問：「把總大人，方才敲鑼敲得震天響的，俺的心都嚇得快要跳出來，現下無事了吧？」

楊廣德回說：「就是一小股響馬盜來騷擾，沒啥事。」

酒保說：「沒事就好，這昌寧堡就靠您軍爺了。您今天想喝點啥？」

楊廣德說：「溫一壺白酒，來一碟花生。」

酒保說：「好的，馬上就來。」

一、萬事總有起頭時

楊廣德選了靠窗的桌子，坐下來，望出窗外，一成不變的街景，別說江浙了，即便是谷口鎮都比這裡要來得有生趣多了。回想一年多前調來這裡時，是百般的不願意。可如今，也習慣了。每日城牆值守，瞧著一望無際的黃沙，他真想知道，黃沙的那頭究竟是啥？這片沙地雖不同以前見過的海，兩者的廣闊卻是相同的，都看不到盡頭。

堡裡的老旗軍說，黃沙會吃人。也曾聽馬隊說，有次奉令追擊響馬盜，走著走著，竟然失去方向，最後在韃靼人的協助下，才安然返回。黃沙太可怕了，一不小心就會把人給吞噬掉。

酒保端來溫酒和花生。楊廣德以拇指和食指拈起一顆花生，丟進嘴裡，再小飲一口白酒。每想到日日在城牆上看沙，就不由得想起那個該死的海寧衛指揮使陳慶。要不是他，咱今日也不會和阿蘭分居兩地，流落在這裡吃沙。

楊廣德家世居福建谷口鎮外十里處，九龍山腳下的梅山坑，家裡務農，是個民戶。由於自小體弱多病，和村里的其他小孩，一起跟著村教頭打打拳。沒想到練著練著，竟然對習武產生莫大的興趣，於是哀求阿爹讓他去十里外的谷口鎮，向出身莆田林泉院的少林俗家弟子林昆和拜師學武。當時小廣德家裡並不富有，阿爹原本不答應小廣德的哀求，而要他到田裡幫忙農作。阿娘愛子心切，向孩子的阿爹說，既然小廣德有心，讓他去也無妨，或許日後有別的出路，而不是一輩子被綁在田地也說不定。阿爹聽了後，想他這一輩子就只知道田裡的活，他自己的阿爹，阿爹的阿爹也都是如此，嘆了一口氣說好。

得到阿爹的許可，小廣德幾乎每日用跑的，跑到十里開外的谷口鎮練拳。練完拳頭後，再跑回來。幾年下來，小廣德已經長大成為大廣德，身子骨漸漸粗壯不說，更練得一身好武藝。

一日，村裡流傳倭寇近日襲擾福建沿海地帶，掠奪財物，放火燒屋一事。楊家雖不住在海邊，離海也不算遠。更何況倭寇若沿閩江溯源而上，是到得了谷口鎮。阿爹一得到這消息，心裡七上八下，不知是否要帶全家往九龍山上避難？楊廣德見阿爹面有憂色，豪氣地說：「阿爹，免驚，如果倭寇敢來，您就看咱如何修理他們。」阿爹聽這憨子說憨話，笑笑，看看家徒四壁，好像也沒啥貴重的東西，也就打消避難的念頭。幸好，在沿海衛所官兵的奮勇圍剿下，很快打退倭寇，沒有造成甚麼大傷害。

楊廣德十七歲時，一日去谷口鎮練拳。練完返家，在東門街鎮衙門前，看見鎮東衛擺攤募兵。楊廣德很好奇，上前瞧了一下。鎮東衛總旗薛亮見楊廣德一副粗壯樣，便問他的年紀。楊廣德稱快十八歲了。薛亮大喜說，可以可以，來衛所從軍家裡可免傜役和免納糧。楊廣德聽了大喜，說他得回家跟阿爹說一聲。薛亮說，快去快回。

一到家，便把鎮東衛在鎮上募兵一事說了。阿娘不想讓廣德離家去當兵，阿爹卻贊成他去，一來家裡可免納糧免傜役，二來日後說不定爭得一官半職，可光宗耀祖。在家裡待了無眠的一夜後，隔日清早便到東門街鎮東衛募兵處畫押。

鎮東衛指揮所軍城設於福建福清縣，轄下三個千戶所，定海所、梅花所和萬安所。在衛城待了個把月後，由於武藝不俗，無須再練刀術，便被派去定海所。定海所軍城的日子只有兩件事：每日例行操練和海邊巡防。

一日清晨，楊廣德所屬小旗正巡視海邊時，望見遠處海面上，十餘艘大船正往他們這邊來。帶隊的小旗王任見勢頭不對，要旗軍劉店趕緊跑回定海所報訊，其餘人躲入樹林內。

在海風的助航下，十餘艘大船很快在小埕澳下錨停泊，船上陸續下來倭寇，換乘小船划往岸邊。躲在樹林裡的王任見乘小舟的倭寇約有二十餘人，已方只有九人，不敢貿然現身。藏在樹後的楊廣德第一次碰到倭寇來襲，緊張得一顆蹦蹦作響的心，幾乎就要跳了出來。就在這時，也不知誰拍了一下他的肩膀，他竟然毫不思索地衝了出去，舉刀殺向倭寇。剛下小舟的倭寇，雙腳還泡在海水裡，見竟有官兵衝殺過來，以為被伏擊，一時慌了手腳。但見到只有一人時，罵了聲「巴格野魯」，舉起倭刀，對準楊廣德殺了過去。

倭寇雙手持刀，猛砍猛劈。楊廣德舉刀，使出架格擋等招數。雙方你來我往，都使盡全身力氣，一時之間誰也佔不了便宜。王任見楊廣德沒頭沒腦地衝了出去，罵聲找死，也帶領其餘旗軍，衝出樹林。由於倭寇是陸續上岸，一開始時王任這邊在人數上佔了些上風，一會兒後，倭寇的人數漸多，王任有點抵擋不住，便想往後撤。沒想到楊廣德雖是初遇敵手，卻毫無畏懼，反倒奮勇殺敵。王任喊了幾次，楊廣德硬是充耳不聞。眼見倭寇已全部上岸，己方完全無人數上的優勢，有被合圍殲滅之虞。

就在這時，不遠處傳來鏜鏜鏜鑼響聲，百戶蘇泰率領百人隊伍，陸續來到海邊。倭寇見大批官兵來到，大喊一聲，紛紛往海邊小舟逃去。王任見狀，舉刀追了過去，楊廣德和其餘旗軍也跟在王任的身後追殺倭寇。

這一仗，被殺死的倭寇有五人，受傷七、八人，其餘倭寇乘小舟逃回大船。楊廣德所屬的小旗有四人身亡，傷兩人。對他來說，初次與倭寇對壘，可說是死傷慘重。事後，王任氣急敗壞地罵楊廣德，為何不聽號令，卻先衝了出去？楊廣德說，因為有人拍他的肩膀，以為小旗下令衝殺出去，所以想都沒想就衝了出去。王任本來還想再罵，一想到自己的旗軍損失慘重，嘆一口氣，說算了。

這一仗看在百戶蘇泰的眼裡，卻是大獲全勝。日後楊廣德得知，蘇泰往上呈報的公文裡，說殺死倭寇一、二十人，傷十餘人，料倭寇近日不敢再犯。他想明明只有五人，怎會變成一、二十人？一個月後，兵部發下獎賞，鎮東衛指揮使受賞最多，到楊廣德他們身上，也不過就每人二日日糧。楊廣德忿忿不平，王任告訴他，有功從上頭發起，有懲從底下算起，衛所裡就是如此，忍著點吧。

楊廣德在定海千戶所內屬操守旗軍，專責守衛和出征。所內另有一批屯種旗軍，專門負責耕種，平時不住在所城內，有戰事時才隨操守旗軍一起出征。他本不知所內的軍士還有如此分別，是有一日有位屯丁請楊廣德代為照顧田地，他則被派去修繕鎮東衛指揮使的私第。這位屯丁告訴他，屯丁除了耕種自己負責的田地外，還要應付各種公私差役，實在苦得不得了。有些屯丁受不了苦，便私自逃走，留下來的田地，不是被指揮使納為私有，便是被地主豪門侵占。楊廣德見屯丁的生活苦，自己倒是還過得去，有時還有點剩餘，便拿回去供家用。

楊廣德待在定海所的日子，算來也快滿一年了。這一年裡，他的小旗與來沿海騷擾的倭寇打過幾次，雙方各有輸贏。這幾次遭遇讓他開了眼界，除了嘴裡罵「巴格野魯」的人外，還有長得比較黑的，或者長相相似，說的話裡全是咪搭咪搭的，完全聽不懂；也有一些看起來像是沿海的居民。由於他禦敵奮力，遇事不推諉，甚受百戶蘇泰的賞識，便升他為小旗，帶領一支十人的旗軍。

這一升格可讓他的爹娘高興得很。楊廣德是被招募的兵，兵幾乎無法轉成為軍。小旗是衛所軍官裡最低的職位。即便是最低的職位，對民來說，它就是個武官職。楊廣德當官了，可光宗耀祖了。他的爹娘一直說祖先有保佑，祖先有保佑。

定海所軍城位在連江縣和羅源縣之間的小半島區，大概就是從羅源到閩江口一帶。這一區沿海有好幾處灶戶的鹽場。鹽場不歸衛所管轄，他們的頂頭上司為鹽運分司，再上為泉州的福建都轉運鹽使司。楊廣德曾聽老旗軍說，衛所旗軍少招惹鹽場和鹽商為妙，招惹鹽商形同擋人財路，通常不會有好下場。更何況，聽聞鎮東衛指揮使亦參與其中，有時還要屯丁去運送私鹽。他曾問在地老旗軍，私鹽從何處來？老旗軍壓低聲音，附在他的耳朵旁說：「要嘛灶戶從官鹽場竊取，要嘛私自額外生產，鹽商再想辦法運出私賣。賣鹽的銀兩賺得可多的咧，堆得跟鹽山一樣高。更多的是沿海家家戶戶自己煮鹽，自己私賣。」楊廣德聽得瞠目結舌，他看過鹽場的鹽山，但沒瞧過銀山長啥樣。

楊廣德的小旗共有十人，多來自福建各地，只有兩人來自溫州。楊廣德曾問他們為何不在溫州服軍役。兩人說，他們的祖籍在溫州，後落腳在福建。由於是軍戶，所以在福建服軍役。楊廣德對旗軍甚好，平時一同操練，有啥吃的，也和他們一起共食。

一日楊廣德接到指令，要他帶領旗軍，穿常服到布袋澳的上鼻頭。楊廣德到了後，見上鼻頭岸邊停泊三艘船。一個船老大模樣的漢子走過來，問他們是否是定海所的旗軍。楊廣德說是，漢子就要他們把岸邊騾車上的鹽袋扛上船。楊廣德不明所以，開口想問時，漢子說：「別問那麼多，廖指揮使交代的。」楊廣德一聽是廖指揮使交代，便要下屬去扛鹽袋。

大伙來來回回扛了十多趟後，突然瞧見一隊衙門捕快和差役衝了過來。帶隊的縣承趙理大聲說，全部都給咱拿下。楊廣德和旗軍愣在當地，不知所措。其他運夫，有的驚慌逃跑，有的拿起刀棒和捕快差役們打了起來，場面頓時陷入混亂。楊廣德帶著旗軍想逃回定海所，不料卻被差役們衝散。面對差役，武藝高強的他還有自保的能力，帶來的旗軍卻無法赤手空拳對抗刀棍。衙門捕快見楊廣德身手不俗，便有兩人殺了過來。楊廣德從一差役手中奪了一根水火棍，力戰捕快的雙刀，三人打得難分難解。

隨著運夫死傷越來越多，混亂的場面逐漸變成哀號遍野的景象。楊廣德手中的水火棍不停地劈撩點戳挑，眼角餘光卻瞄見旗軍不是躺在地上哀號，就是被喝令趴在地上，雙手十指交叉貼在後腦勺。越打心越急的他，暗忖今日大概無法把旗軍帶回去了。於是心一橫，以手中棍重劈捕快來刀。捕快被這一棍震得虎口生疼，握不住刀把，單刀竟掉落地上。捕快大驚，向後退了好幾步。楊廣德見狀，手中水火棍向他們擲去，轉身跑回定海所。

趙理見運夫都已被制伏，要捕頭清點鹽徒與私鹽。一刻鐘後，捕頭來報說，船老大逃無蹤影，捉得鹽徒共三十四人，私鹽一千八百多斤。

縣承喜孜孜地說好，將鹽徒與私鹽全帶回衙門，運鹽船扣留，留差役看守。

楊廣德跑回定海所，直接去見了百戶蘇泰。氣急敗壞的他大聲質問到底是怎麼一回事。蘇泰聽了後，無奈地嘆口氣說：「咱廖指揮使參與販賣私鹽，常指使屯丁和旗軍幫忙運鹽。咱不知衙門為何此時前去緝私鹽。咱幫你問問，你先回去。」楊廣德一臉怒氣，又不能直接跑去找廖指揮使，只好怒氣沖沖地回去營舍。

在連江縣衙門裡，趙理向知縣王明文稟報，共抓獲鹽徒三十四人，查得私鹽一千八百多斤。王明文嗯了兩聲，說：「今日緝私鹽，抓獲鹽徒三十四人，查得私鹽八百斤，對吧？」趙理一開始沒聽懂，隨後明白上官的意思，連忙說沒錯，沒錯。王明文說：「一干鹽徒先押入牢房，查獲之私鹽運入庫房存放，待本案審結後，再繳交都轉運鹽使司查辦。」趙理說：「遵令。」

當楊廣德在下鼻頭力戰連江縣衙門捕快時，鎮東衛指揮使廖仲傑正在私第招待貴客。來者兩人，一人為福州府知府王裕德，另一人為浙江臨安縣富商張貴和，三人在廖府偏廳密談。

廖仲傑說：「上回常樂運鹽，差點出了事。幸虧王知府協助，才得轉危為安。」

王裕德說：「上回乃因未能及早知會灶戶，致使被鹽運分司發現。不過經說項後，鹽運分司不會再究責灶戶私自產鹽。」

廖仲傑說：「看來鹽運分司也非鐵板一塊。」

王裕德說：「常說人在公門好修行，毋須追根究柢。同在官場，彼此留條後路給人走，也是好事一樁啊。」

王裕德對張貴和說：「張老爺這次駕臨福州，不知又有哪樁生意上門？」

張貴和說：「此次來福州，咱只是來探望兩位，順道出來尋幽訪勝。」

王裕德說：「唉呦，沒想到張老爺也有這般閒情雅致，尋幽訪勝不假，談生意也是真吧？」

張貴和哈哈笑，說：「王知府精於察言觀色，咱這點行徑在您眼前，遮掩不了一時片刻啊。」

張貴和又說：「咱有朝廷發的大小鹽引，可在福建和浙江兩地支鹽。兩位都知道，咱為省事，免去麻煩，並無結夥成鹽幫販鹽。咱支鹽後，隨即轉手給鹽商，由各地鹽商出船出力。近來，那嘉興鹽幫好不興旺，該幫原本在嘉興府一帶運鹽，沒想到它們的勢力，竟擴到了福建閩江口以北的鹽場。聽聞閩江口以南三府的泉州鹽幫，因幫內發生內鬨，部分船老大有依附嘉興鹽幫紅巾會的態勢。咱想，若任由此事發展下去，咱們的貨無船可運，或者任由嘉興鹽幫坐地喊價，咱無利可圖啊。」

廖仲傑說：「張老爺的意思是？」

張貴和說：「咱們要不整頓泉州鹽幫，要不讓那孫昶知所節制。前者需有人出面，後者須有人出力。」

王知府說：「整頓泉州鹽幫，還得張老爺出面，福州府和衛所只能暗中協助。這出力，衙門捕快、差役和衛所軍，一樣出不了力。一但被上頭查知連衙門和衛所也淌入混水，掉了烏紗帽還算事小。」

三人正說話間，百戶蘇泰進來說，上鼻頭的運鹽被連江縣縣承帶捕快差役查獲，連同定海所小旗等運夫和私鹽一併被帶回縣衙門。汪知府聽了，眉頭一鎖，說：「運鹽消息是如何走漏的？」

蘇泰說：「屬下不知，目前要緊之事是要領回定海所旗軍，不然，恐會連累鎮東衛。」

廖仲傑哼了一聲，說：「想要扯到咱衛所上，想都別想。連江縣衙門是如何得知運鹽一事，這事必須先查明。咱想到，上回長樂出事，這回換成上鼻頭。這運鹽接連出事，誰衝著咱們來？」

廖仲傑對王知府說：「陽明兄，定海所旗軍還得麻煩您，讓蘇泰前去把人領回。否則讓知縣審查此案，恐怕是凶多吉少。」

王知府說：「這事好辦，咱差府裡的秦師爺和蘇百戶一同去連江縣衙門。勞駕百戶跑一趟本府，告知秦師爺，他知道該怎麼做。」蘇泰點點頭，隨即趕往福州知府。

張貴和說：「既然對方在背後搞鬼，咱也無須留啥情面，這事咱自會處理。」

廖仲傑說：「好，張老爺出面處理，咱就無需多操心。來，今日貴客臨門，咱準備一桌酒菜，叫了迎春樓的紅牌來唱兩首小曲，麻煩兩位賞光，哈哈。」

蘇泰趕去福州知府，見了秦師爺，把事由說了。秦師爺說：「這事可辦，只是我朝律法規定犯私鹽拒捕者斬，一旦被抓入牢房，就是個死罪。咱得找出個理來，好讓縣衙門不得不放人。」蘇泰腹笥甚窘，想不出甚麼好點子。還是秦師爺厲害，眼珠子一轉，說：「咱們去跟知縣說，旗軍乃奉指揮使之令，常服巡查，卻無端被捲入私鹽案。為免生事端，知府請知縣問明後迅即放人。」蘇泰點點頭說，這主意好。

蘇泰和秦師爺去了連江縣衙門，知縣王明文聽了蘇泰的話語，心中起了些疑問，本想再問，卻被秦師爺三言兩語打消念頭。王知縣說：「把旗軍帶回不是不可，只是得畫押，免得衙門被誣指為私自縱放犯人。」蘇泰回說，這個自然，由他畫押即可。

楊廣德焦急地在營房等候，見到自己的旗軍回來，心裡的一顆大石頭總算可以放了下來。但瞧見旗軍們又是刀傷，又是筋骨傷，不免埋怨起指揮使，嘴裡碎碎唸。蘇泰說：「別再唸了，要你去，你就去。出了事，算自個倒楣，有啥好唸的。讓弟兄們好好歇歇吧。咱走了。」楊廣德吩咐弟兄們在營房休息療傷，他送蘇泰出營。

送走蘇泰，垂頭喪氣的楊廣德去了浦口村街上小麵攤，自己一個人喝點悶酒。麵攤掌櫃吳頭見楊廣德悶悶不樂，問：「楊軍爺，你今日咋啦？」

楊廣德回說：「老吳，軍裡的事，不說也罷，外人不好懂的。」

吳頭說：「軍裡的事咱是不知，但這喝悶酒卻要不得，喝多了傷身。」這時，吳頭的女兒阿蘭從裡頭走了出來，看見楊廣德，臉上紅了一下，隨即幫她爹整理麵攤。楊廣德無事時，常來麵攤喝點小酒，與阿蘭對眼相看多了，兩人好感漸生。本來吳頭不曉得年輕人的心思，只怪阿蘭她娘過世得早。後來瞧見兩人對眼相望的尷尬表情，心中已有數，卻也不說破。

楊廣德望著阿蘭站在麵攤後那玲瓏有致的背影，心裡有些異樣。這時阿蘭突然驚慌地跑入房內，楊廣德見一個漢子走入麵攤，劈頭就對吳頭說：「那事咋樣啦，你到底答不答應？」

吳頭委婉地說：「小女阿蘭還小，尚未到能嫁娶的時候，是不是可以晚些再說？」

那漢子不耐煩地說：「還要等到多晚，等到人老珠黃嗎？已經來了好幾趟，咱老爺給的條件也不差，你怎麼就這麼不識相呢？」

吳頭說：「事關小女一生，可不能倉促答應，咱還得再思量。」

漢子說：「不用再思量了，就這麼說定。改日聘禮一到，你可得把人交出來。否則壞了少爺的好事，可有你一頓受的，不要怪咱沒事先說。」漢子說完，臉帶怒色地離開。

吳頭走到楊廣德的對面，坐了下來，嘆了一口氣，拿起楊廣德的酒杯，把剛斟滿的酒仰頭一飲而盡。楊廣德問：「老吳，你咋啦？」

吳頭回說：「咋啦？都怪咱自己沒用。那連江潘府大少爺有日路過咱麵攤，剛好瞧見阿蘭，便想納阿蘭為妾。潘家家裡是有錢，可是自己的女兒怎可以隨隨便便給人做妾？阿蘭自小無母，咱辛苦養大，總希望她能嫁個正當人家，有個好歸宿。如今潘家三番兩次來說親，咱只能盡量拖延，可又能拖延到幾時呢？」說完，自己又倒了一杯，又是一飲而盡。

楊廣德說：「老吳，你可有去報官？」

吳頭說：「這事如何報官？有哪些官人自個不是三妻四妾的？如果去了官府，那些官還巴不得喝上潘府的喜酒咧！」

楊廣德問：「那該咋辦？」

吳頭說：「咋辦？咱也不知道該咋辦？」吳頭苦惱了一會，突然眼睛一亮，對楊廣德說：「楊軍爺，你可有娶妻？」

楊廣德回說：「咱一個軍人大老粗，誰家姑娘肯嫁咱呢？」

吳頭臉上現出喜色，說：「咱看你和阿蘭好像互有好感，不如阿蘭嫁給你，好不？」楊廣德嚇了一跳，沒想到自個兒的心思竟被老吳看出。

楊廣德有點不好意思地說：「這事還得回去稟告咱的父母。」

吳頭說：「這麼說，你是答應了？」楊廣頭點點頭。

吳頭說：「太好了，來，咱倆先來乾一杯，改日楊軍爺可不能再叫咱為老吳了，哈哈。」

兩天後，吳頭慌慌張張地跑去定海所找楊廣德。正在出操的楊廣德，聽小兵說有老頭找他後，要其餘旗軍繼續操練，他去瞧瞧是啥回事。吳頭一見到楊廣德，氣急敗壞地說：「不好了，不好了。」

楊廣德問：「啥事不好了？」

吳頭說：「今日一早，潘府派人來，說要迎娶阿蘭。他們把一堆聘禮丟在麵攤，想要強行帶走阿蘭。咱雖力阻，卻被他們的家丁強行攔阻，阿蘭就這樣被帶上花轎走了。咱不知該如何是好，只有來營房找你。」

楊廣德聽了後大怒，說：「這光天化日的，竟然強娶民女，這還有王法嗎？走。」楊廣德交代旗軍後，跟吳頭跑去連江縣潘府。

潘府在連江長東門的大街上，離浦口村只四里路遠。約過半炷香，吳頭和楊廣德已跑到潘府的大門外。楊廣德要吳頭在巷口等他，他去把阿蘭帶出來。

楊廣德重叩潘府大門，家丁以為是賓客，開門讓他進來。家丁見是一位衛所旗軍，不像是賓客，開口問：「你有何事？」

楊廣德說：「咱來找阿蘭？」

家丁問：「誰是阿蘭？」

楊廣德怒說：「就是今早被你們搶去的女子。」家丁臉色一驚，想進去通報，不料被楊廣德一腳踹翻在地，再出一拳把他打昏。楊廣德跑入主廳，見主廳懸掛彩燈，廳內擺有三桌酒席。有個家丁過來詢問時，也是被他一拳打倒。楊廣德在主廳喊著阿蘭的名字，喊聲引來好幾位家丁。這些家丁哪是楊廣德的對手，三兩下便都躺在地上哀號。楊廣德掐住一位家丁的咽喉，問說：「阿蘭在哪裡，不說，咱捏斷你的咽喉。」躺在地上的家丁哀求說：「好漢饒命，這不關小的事，小的帶您去。」楊廣德把家丁抓起來，抓住他的後衣領，由他帶路。

主廳內的打鬥聲引來在東廂房與賓客聊天的潘家大少爺。大少爺一看，一位軍爺闖入自家門，還抓住家丁，頓時動了氣，罵楊廣德說：「哪裡來的軍丁膽敢闖入民宅？」楊廣德一看來人穿著大紅袍，知道他就是潘府大少爺，啥話都沒說，上去就是一拳，再加一腳，踹倒在地。楊廣德對家丁說：「走。」家丁帶楊廣德到東廂房後面的一間偏房，說：「就在裡面。」楊廣德一拳把家丁打昏，一腳踹開門，見阿蘭坐在一張床上哭，一旁有一媒婆樣的婦女正在勸說她。

阿蘭一見到楊廣德進來，好似見到救星一般，連忙跑上前，抓住他的手臂。媒婆跟著上前，卻被楊廣德一掌拍得眼冒金星，兀自哀哀叫。楊廣德拉著阿蘭往外跑，幾個家丁雖來攔阻，都被楊廣德連打帶踢，倒在地上哀號。楊廣德和阿蘭跑出潘府，在僻巷口與吳頭會合。楊廣德說：

「老吳，浦口你們是待不下去了，你們也甭回去浦口了。你們往西去谷口鎮，谷口鎮外十里處，有個梅山坑，那裡有戶人家楊二一，他是咱的爹。你們先去咱家，等今日的事料理得差不多，咱再回家去看你們。這裡有點碎銀子，夠你們路上買點吃的。咱身上的這個平安符是咱娘給的，你們拿去，咱爹娘一看就知道。」楊廣德把碎銀和平安符一併交給吳頭，吳頭感激涕零，猛點頭。楊廣德催促著說：「快走，不然就走不了了。」

楊廣德望著吳頭父女遠去的身影，阿蘭邊跑邊回頭看。這時，潘家的家丁拿著棍棒衝了出來。為了不讓家丁追上吳頭，楊廣德迎上前去，雙方在街上打了起來。潘府家丁雖有棍棒，卻不是楊廣德的對手。楊廣德身上挨了幾棒子，搶到了一根棍，舞起棍來，沒有人打得過他。不一會兒見家丁全躺在地上，吳頭父女也應該跑遠了，把棍子丟在地上，跑回定海所。

楊廣德大鬧潘府一事，自然驚動連江縣衙門，也傳到鎮東衛百戶、千戶和衛指揮使的耳朵裡。由於潘府在地方上，算是有頭有臉的人家，千戶劉敬問了百戶蘇泰，蘇泰問了楊廣德。楊廣德把事情原委，著實地說了一遍。蘇泰聽了只是搖搖頭，不置可否。

潘府在這事情上，委實是理虧，卻嚥不下這口氣。更何況人還找上了門，打傷多位家丁，說啥都要板回點面子。潘府本想透過連江知縣，去跟百戶蘇泰施點壓，要衛所把人交出來。只是連江縣衙門曾在幾日前抓了定海所小旗的人，卻引來知府關切，不得不把人給放了。這定海所的背後勢力不可小覷，著實招惹不得。任憑潘府費盡唇舌，連江知縣皆敷衍了事，這事鬧到最後不了了之。

楊廣德雖救了阿蘭，卻惹了大戶人家，不知衛所長官會如何處置他，一顆心七上八下的。後來想想，幹都幹了，他們還能怎樣，大不了回家種田去。楊廣德最終沒有回去種田，而是被調到嘉興府海寧衛。

大鬧潘府的事情過了四五日後，楊廣德接到百戶蘇泰的令，說他被調到嘉興府海寧衛。一接到令，立即前去找蘇泰，蘇泰說這是指揮使的意思，他也不知指揮使為何要把他調到那麼遠的地方去。楊廣德本來想辭職了事，畢竟兵是募來的，想走可以走，不像軍戶為世襲制。但轉頭一想，如今好不容易升為小旗，總是個武官職，去就去吧。但他要先回家裡一趟，跟家裡說。蘇泰說可以，下月初五，前去海寧衛報到。楊廣德心裡盤算，今日十六，還有個二十來天，先回家一趟。

楊廣德一回到家，第一件事就是問吳頭父女。楊母說：「有，他們父女倆就住在屋後你大叔的空屋。他們剛到時，咱還嚇了一跳，既是陌生人，又拿了你的平安符。咱覺得可疑，可是他們說你，又說得跟真的一樣。後來吳父把你救阿蘭的事說了，咱才放下心，嗯，這是咱家阿德會做的事。」楊廣德聽了娘的稱讚，覺得不好意思。

楊母又說：「吳父說，他要把阿蘭許配給你，這事是真的？」

楊廣德說：「那日喝了點酒，也不知道是真的還是假的。」

楊母說：「阿娘問你，你喜歡阿蘭嗎？」

楊廣德有點靦腆地說：「喜歡。」

楊母說：「喜歡就好，咱找個日子讓你倆成親。阿蘭手腳勤快，阿娘也是喜歡她」。楊廣德喜上眉梢，猛點頭。

小戶人家的嫁娶婚禮簡單，村里鄰居湊一湊也不過就五、六桌。楊父和吳頭兩人家有喜事，喝得酩酊大醉。楊廣德和阿蘭恩愛了好幾日。

眼見前往嘉興報到的日子近了，阿蘭為夫婿準備路上需要的衣物乾糧，淚眼婆娑地送楊廣德出村子，見他直走到路盡頭，拐入田野小路不見人的身影，方才回去。

楊廣德到嘉興時，白淙和孟陀兩捕頭正前往青鎮的路途中。

二、葛溪水面漂浮屍

前些時日，趙保展正因急著上路，出門慌慌張張的，竟把水袋落在家裡頭。趕了十多里路後，才想起，唉呦，咱的水袋呢？口乾舌燥的他前看無村，後看無店，卻聽到土路邊不遠處，淙淙溪水聲傳來，便前去掬水解渴。不料正當要喝第二口時，望見前方緩慢流淌的溪水漂送過來一具俯臥的屍體。那具屍體就像一尾死魚一般，隨著陣陣拍向岸邊的浪波，一起一伏，一起一伏地漂了過來。

趙保展一驚，雙掌一放，原本要喝的第二口水嘩啦嘩啦地重新回到它的來處，遁走時還驚起一陣小小的水花。接著就連已喝下肚的第一口水，也急著從肚裡往外竄，競相逃出暗黑的牢籠，爭先恐後地逃向母親溪的懷抱。趙保展嚇得一屁股坐在了地上，雙眼睜睜地看著漂動的屍體，心裡撲通撲通地打鼓，該咋辦？該咋辦？

似乎想要找人訴說原委似地，浮屍不再隨波逐流，而是漂到溪岸邊，像一葉擱淺在淺灘上的小舟。趙保展嚇得屁股直往後挪，原本是想站起來往後跑，卻發現不知何緣故，竟無法起身，只好雙手撐地，盡力往後躲。後移幾尺，趙保展發出一聲喊，起身，轉頭就跑。

跑上土路，邊跑邊回頭，深怕屍體會追來似的。沒注意到路上隆起的小疙瘩，跌個狗吃屎，趴在地上。正當要起身時，瞧見一雙薄底驍鞋立在眼前。再抬頭往上看，原來是衙門捕快和兩位差役。趙保展趕忙起身，口齒不清地說：「捕快大人，有詩人，有詩人，有詩人，在那邊。」

捕快說：「有失人？誰走失了？」

趙保展急著說：「不是，是有詩人，在那個溪邊。」

捕快說：「你說啥？誰在哪個溪邊？」趙保展想再說時，捕快要他不要急，先喘口氣，慢慢說。

趙保展深吸了幾口氣，說：「有死人，在溪邊。」捕快說：「你說溪邊有個死人？」趙保展點點頭。

「快帶我去。」

捕快一到溪邊，見到一男子上半身俯臥著，下半身卻還似泡在水裡。捕快要差役陳老六趕緊回衙門，請仵作過來。

約半炷香後，仵作錢福帶著一應器具，在陳老六的指引下，氣喘吁吁地快步跑了過來。錢福一邊喘氣，一邊擦汗，一邊說：「把屍首拉上岸。」在場的差役連忙把屍首抬到溪岸邊較平整處，讓他仰躺著，是一張青少年的臉型。捕快魏奇看了看青少年身上穿的衣服，絲綢質料，紋彩斑斕，應該是大戶人家的少爺。錢福端詳著屍首，仔細瞧了瞧，說：「身上有幾處刀傷，傷口不深，脖子有勒痕。先把他帶回去吧。」

新城縣衙門仵作房裡，錢福邊說，差役邊記。錢福說：「屍身浮脹不明顯，應該是發生在數個時辰之前的事。往葛溪的上游尋去，或許可以尋到死者被殺，或被拋入河之處。」

仵作房差役聽了，去三堂縣丞衙稟報縣丞關季芳。關縣丞說，既然如此，請孟捕頭趕快帶上捕快、差役，到葛溪邊找找。孟捕頭領命後，帶了捕快魏奇和秦昌松，去了差役房，叫上六名差役，一起跟他到河邊。趙保展經典史錄下口供，畫押，暫時留在衙門，待孟捕頭回來問明，再放行。

趙保展是在新城縣郊外葛溪發現屍體的。葛溪往上不到三里處，右邊有松溪注入，松溪往上可到臨安。一行九人到葛溪岸邊，沿溪往上游找去。眾人尋到葛溪和松溪交會處時，溪岸各處並無可疑之處。到匯流口，秦捕快指著葛溪上游說，葛溪往上進入山區，山裡並無人家，而且山勢頗為陡峭。咱們往松溪找，孟捕頭點點頭。一眾差役聽了後，心想這秦捕快還真行，見了溪流山勢還可說出一番道理，要是咱來，恐怕只知沿葛溪進了山，還找不到啥雞毛哩。

九人涉水過葛溪，分頭往松溪的左右兩岸同時尋找。往上走不到數里處，果然發現血跡。差役毛牛對著松溪另一邊的孟捕頭大喊：「孟捕頭，這裡有血跡。」孟捕頭一聽，尋到溪水較淺處，涉水過來，仔細查看。再沿著血跡，走到一塊較平整空曠處，這裡多處可見血跡。依據孟捕頭的經驗，這地方似乎發生過一場廝殺，傷者被帶走，死者被丟入松溪。孟捕頭沿著被多人踩踏過，隱約可辨的小徑，走了一段後，接上一條寬可容一輛馬車的土路。路左邊往臨安，右往富陽。孟捕頭左右瞧瞧，自言自語地說，禍起蕭牆之內。眾差役見孟捕頭望著臨安縣城方向出神，也不敢多問。他們知道，當孟捕頭在想事情時，誰出聲，誰倒楣。

孟捕頭回到衙門，向關縣丞稟報，並問明日是否走一趟臨安和富陽？關縣丞想了想說：「找來畫匠，畫數張死者的五官面容，明日你和秦捕快各自帶著畫像，去臨安和富陽衙門問一下。還有，趙保展可以離去了。」

孟捕頭領了命，先去差役房交代找畫匠來，再去典史衙，跟趙保展說他可以走了。趙保展還有點猶豫，孟捕頭催他快離去，衙門乃是非之地，沒事不要待在衙門。

翌日辰時剛過，孟捕頭和秦捕快各自帶上兩名差役，去了臨安和富陽。

到了臨安衙門，孟捕頭向門守說明來意，遞了文書，值班捕快便來領他們去捕快房。孟捕頭一見臨安捕頭白淙，高興說道：「白師兄，好久不見，近來可好？」白淙一見是孟陀，也哈哈大笑說：「啥風把師弟給吹來？咱近來好得很啊，就是缺少一個練練筋骨的對手，要不要先來打一場，再談公事啊？」孟陀回說：「好啊，來。」一旁差役聽兩人對話，心想這對師兄弟真有趣，一見面先打一場再說。

白淙領孟陀到捕快房後的庭院，兩人站定，行禮，擺出起手式。白淙說：「以客為尊。」孟陀回說：「師兄請便。」兩人互視一眼，同時出招，打了起來。新城和臨安的差役只知道自己的捕頭功夫好，並不知對方的底細如何。雙方看場中較量的兩人，一個有如猛虎下山，一個似遊龍翻騰，紛紛拍掌叫好。

白孟兩人交手五十多回合後，各自往後一躍，行拱手禮，互道佩服。兩人回到捕快房，孟陀將來意說了，要隨行差役將那張五官面容圖拿上來。白淙瞧著那張臉，心裡琢磨著，這五官像誰呢？一會兒，白淙瞪大眼睛說：「這不是，這不是⋯」。臨安差役見白捕頭遲遲沒說出答案，紛紛圍過來看。老差役田五驚聲說：「阿大！」

孟陀問：「阿大？阿大是誰？」白淙嘆了一口氣，要差役先出去，他有事要跟孟捕頭說。差役陸續出了捕快房，白淙開口說：「阿大是臨安衣錦街張貴和的私生子。張貴和不僅是臨安的大地主，更是豪強，手下眾多，有些是逃亡的屯丁，甘願依附在他門下，替他耕種，或者為家奴。從城西一直到天目山，中間的田地，恐怕有一半是他的。在這臨安城內，他擁有的房舍不下百處，店鋪最多的錢王街，有一半是他的家產。聽說他還與鹽幫勾結，販賣私鹽。張貴和家財萬貫，妻妾成群，可只生了五個女兒。聽說這阿大是他和一個家奴生的，咱也不知真假。張貴和老來得子，寶貴得很，但礙於生母是家奴，根本就門不當戶不對，生下阿大後，送她一筆錢，把她給打發走。

阿大自小嬌生慣養，張貴和事事順著阿大。下人若服侍不得體，惹得阿大生氣，皮肉之苦還是小事，就怕連命都沒了。阿大今日橫死，臨安城恐怕逃不了一場血光之災啊。」

孟陀問：「聽起來，那張貴和與豪強土霸無異，怎麼你們衙門竟奈何不了他？」

白淙說：「朝中有人好做官哪！師弟你想啊，張貴和要是朝中無人，不要說我們知縣，就連咱這個小小捕頭也可逞逞官威。聽說皇上身邊大太監張廣是張貴和的遠房親戚，或許是這層關係，才讓張貴和敢那麼囂張跋扈。耳聞張貴和每年往京師送的禮，好幾艘船都裝不下，還要聘請鏢局護送。所以啊，咱們知縣都要禮讓他九分。這麼說吧，不擋他的財路，他與衙門禮尚往來，礙著了他的財路，輕者發落九邊，重者⋯⋯」，說到這裡，白淙右手掌往自己的脖子一抹，嘴裡發出喀嚓聲。

孟陀問：「如此說來，這事該如何處理？」

白淙說：「如何處理？唉，頭真疼。」

兩人靜默一會兒，白淙開口說：「這樣吧，你們那邊先當作無名屍處理，發出公告，請失蹤人家前來認屍。咱這邊會嚴禁差役透露丁點風聲，先按兵不動，再看後續情形如何。」

孟陀說：「看來也無其他辦法，只好如此。師兄，咱既已知死者何人，就不在這裡逗留，先行告退，回去跟咱的縣丞稟報一聲，改日兄弟倆再好好喝一杯。」白淙說：「好，師弟慢走，這事且小心應對。」

白淙送走孟陀後，望著天邊血紅霞光發呆了一會兒，隨後去稟報知縣吳清山。

當孟陀和白淙在捕快房後的庭院較量時，張貴和正在大發脾氣，因為從昨天到此刻，都還沒有阿大的消息。所有的護院、家丁、僕役合起來兩百多人已經找了十多個時辰，沒有任何消息。張家人幾乎把整座臨安城翻了兩遍，還是沒見到張阿大的身影。張阿大連同那四位護院似乎就這樣憑空消失。張貴和擔心，或者氣得睡不著，也吃不下飯，張家其他人是找不到張阿大而不敢睡覺，也不敢吃飯。

張家大總管張昭對張貴和說：「老爺，您的身子要緊啊，多少吃點東西。除了臨安，咱已差人到潛縣、新城、富陽、余杭等地尋找少爺，相信過不了多久，便會有消息傳來。」

張貴和問：「阿大到底是如何不見的？」

張昭說：「昨日用完早膳，阿大少爺說要去錢王街布莊，選布縫製新衣和新鞋。少爺出了門後，一直到午膳前未歸。咱覺得奇怪，便派人去布莊。布莊掌櫃說少爺沒去，沒見著少爺。咱覺得事情不妙，少爺每日必會與老爺您一起用午膳。午膳前未回，可能被甚麼事給絆住了，也不見護院回來通報一聲。於是便派家丁出去尋找，直到此刻。老爺，咱們再等等消息吧。」張貴和的雙眼有些血絲，雙手揹負在後，在房裡房外走來走去，焦慮之情溢於言表。

孟陀回到新城縣衙門已經是戌亥之交了。白日趕路趕得急，今夜索性也不梳洗，一頭栽進被窩，馬上沉沉睡去。隔日雞鳴起身，天還未亮，簡單梳洗，到庭院打一套羅漢拳，再練踢腿和耍羅漢刀。筋骨活動開後，囫圇吞了兩塊餅，喝一大口昨日泡的茶水，便去稟報關縣丞。恰巧關縣丞這時剛起身，見孟捕頭早早就來請見，打了一個大哈欠，說：「你已經打聽到死者是誰了。」孟陀一臉驚訝。

關縣丞笑笑說：「昨晚秦捕快回報說一無所獲，咱看你一早便來，猜想可能有結果。」

孟陀說：「縣丞果真料事如神，死者為臨安張阿大，此事至關緊要。」孟陀將白淙昨日的話全盤說了一遍，末了，問：「此事該如何辦理，還請縣丞示下。」

關縣丞思索片刻後，說：「就依白淙昨日所說，先以無名屍處理，公告鄰近縣府。」

很快地，新城縣發現無名屍一具的文書，流傳在鄰近縣城之間。其實也無須公文知會，張家僕役在午時前，便來到新城縣衙門。領隊的古明一到衙門前，向門守說家裡走失一人，前來打探消息。門守聽是來找人的，入內請值班捕快出來。捕快問了姓氏與住處後，說日前在溪邊發現一具無名屍，不知是否是走失之人，請古明一同前往認屍。

古明一聽是具無名屍，且是前日發現，心中已有不祥預兆。待進了件作房，見到草蓆上的死者，古明大吃一驚，果然是阿大少爺。這事非同小可，古明立即要一同前來的趙立快快回去臨安，稟報張大總管，自己留在新城衙門。

數個時辰後，一大隊人馬來到新城衙門，人馬之多，幾乎把衙門前的半條街都給塞滿了。張貴和在二管家張元的攙扶下，一把鼻涕，一把眼淚地走入件作房。見到躺在草蓆上的阿大，張貴和放聲大哭。張元去了典史衙，問了發現阿大屍首的經過後，畫了押，請隨馬車隊前來的槓房把阿大帶回去臨安。

回臨安的路上，張貴和一語不發，神情呆滯地望著車窗外。陪在一旁的張元也不出一聲，他知道，對好不容易得子的老爺來說，喪子這事的打擊太大了，更別說是被殺害而死。張家馬車隊心急火燎地奔來，回去時悄然無聲，只聽得見馬蹄慢步的嗒嗒聲。

一個月後，張家以盛大的葬禮，送阿大最後一程，葬在天目山山腳下張家祖墳區。同時在這個月裡，張家窮盡一切手段，打聽阿大遇害的經過。人說有錢能使鬼推磨。張家終於打聽到，那日阿大由四位護院陪同，出了衣錦街，在五芳齋的巷口，有說有笑地上了一輛商隊的馬車。商隊從石山巷出了南門，此後便不知去向。

張貴和漠然地聽著大總管的說明，心中思索，究竟是誰下如此殺手，腦海裡把所有往來過的人，快速想了一遍。耳朵聽到張昭說：「老爺，若說與人結怨，最近未曾聽聞風聲。想遠一點，莫非是六年前那樁事？可那事過後至今，未再傳出對方有任何對咱們不利的事。」

張貴和面帶疑問地說：「六年前？」

張昭說：「老爺，您忘了六年前咱們的船被劫一事？」

張貴和說：「六年前？想起來了，六年前咱們的禮船在洪澤湖附近被運送私鹽的鹽幫劫奪一空，護送禮船的鏢局鏢師死傷慘重。事後不是請三叉幫去處理了嗎？」

張昭說：「老爺那時曾說，禮船被劫必須找出元凶，加以嚴懲。咱請府裡劉師傅去杭州水域找三叉幫。三叉幫不僅熟悉大小水路，也知道哪些人專門幹著無本生意。幫主郭魁答應幫咱們找出元凶。經過個把月打聽，郭幫主傳來消息說，劫船一事，是嘉興紅巾會幹的。紅巾會屬嘉興鹽幫，以姚家蕩為大本營，聽說異常兇悍，胡作非為，官府無力抗衡。

那時咱們從河南請些人手過來，在三叉幫的帶路下，給紅巾會一頓排頭吃，要他們記得咱們的旗號。日後行走江湖時，見到咱們的旗號，手腳可得收拾好。此事過後，咱發往京師的禮船便不再有任何事故。阿大少爺一事，會是他們幹的嗎？都過去六年了，若說是為了報六年前的仇，這紅巾會也太悶得住氣了吧？」

張貴和聽著張昭說起六年前的舊事，一把怒火從心頭燒起，待聽到報仇二字時，雙掌緊握成拳頭，脫口說：「六年前沒想要殺人，只是教訓他們而已。今日他們竟然殺了阿大，咱不滅紅巾會，誓不罷休。」

張昭大驚，說：「老爺息怒，千萬不可。剪除紅巾會非同小事，以紅巾會的勢力，官府尚且無能為力。咱們若動手，不說會引發一場江湖腥風血雨，恐怕也無法除盡。咱們必先查明少爺被害的來龍去脈，再揪出背後元凶。」

張貴和臉帶怒色地說：「查查查，究竟得查多久？阿大死於非命這事就這麼放著？」

張昭說：「當然不是，咱們倒是可以把六年前的舊事透露給臨安捕快，讓他們替咱們去查案找兇手。暗地裡，咱們自然有咱們的辦事方法。咱已經請劉師傅再去河南請人手來查這件事，務必要查個水落石出。」

張貴和想了一會，幽幽地說：「好吧，就照你的意思去辦，咱累了。」

張昭說：「老爺您先去歇會，待會鄒老爺子他們會來府裡和您談事。」

張貴和說：「對，咱倒把這事給忘了。」張昭轉頭吩咐服侍張貴和的丫鬟，帶老爺去後室休息。

張家阿大死於非命這事震動整座臨安城。街頭巷尾，茶肆酒店，人人嘴裡談的，腦袋裡轉的，都是這事。有人說阿大平常作威作福，一定是被他虐待過的下人幹的。之前不是有個下人只是打翻茶杯，潑了他一身水，就被他叫人打斷腿的嗎？也有人說，阿大曾在茶樓看上一個少女，說要娶她為妾，手腳不乾不淨。少女的爹出聲喝止，動手推了一下阿大。這下子可把阿大給惹火了，兩三個護院齊上，把那個爹打得半死不活。少女家人跑去報官，衙門輕輕發落，說是那個爹走路不小心，自個兒摔倒受傷的，給點銀子了事。

另有人說，聽說阿大好賭，賭贏了，大伙分紅，賭輸了，還把人家的場子給拆了。還有人說，阿大的生母是家奴，地位低賤，阿大是獨子，等張老爺百年後財產全歸阿大所有。搞不好是哪一房想要爭些家產，所以……。更有人說，張老爺家大業大，財產多得不得了，會不會有甚麼人覬覦張家財產，才綁架阿大，想要勒索些甚麼，卻不料弄巧成拙？

沒來由的胡亂猜測瀰漫在臨安城的空氣中，其實最想知道答案的是身負治安重任的臨安縣衙門。阿大橫死在外，若衙門查不出幕後兇手，以張貴和在朝中的實力，臨安知縣吳清山的頂上烏紗帽恐怕難保。吳知縣自從知道阿大遇害後，整日坐立難安，為頂上烏紗帽計，老催促白淙盡速破案。白捕頭被上司催得急了，幾乎每日帶著一班捕快差役，四處探聽消息。衣錦街、錢王街、五芳齋、南門等處，可說是上午去，下午也去。相關一干人是上午問，下午再問。問到眾人遠遠見到白捕頭走來，皆閃之唯恐不及。

這日孟陀輪休，來到臨安縣找白淙喝酒，順便想問阿大的事有無點線索。白淙為阿大一事悶了好多天，見孟陀來找，說來得正好，便拉著他走去吳越街的登峰閣酒樓。酒樓店小二見白捕頭進門，趕忙說：「白捕頭，咱該說的都已經說了，實在不知道還能說些啥，請您老恕個罪啊！」白捕頭瞪了店小二一眼，不悅地說：「你說啥呢？你沒看咱今天帶朋友來喝酒嗎？」店小二一臉尷尬地說：「咱見您老公務繁忙，每日來來去去，以為您今日…」白淙說：「今日咋樣？今日不能來喝酒嗎？再囉嗦，咱叫差役每日來你店門前站班。」店小二連忙說：「別，別啊，白捕頭裡面有請。」店小二領著白孟兩人，坐到角落的桌子去。

孟陀落座後，問：「師兄，那事有無點眉目？」

白淙說：「沒有。事發個把月了，除了知道被商隊帶上馬車之外，其他一概不知。」

孟陀說：「仵作的驗屍報告說，身上的刀傷不是致命傷，是被勒死的，死後被丟入松溪。他的手腕有被綁過的痕跡。」

白淙問：「勒死？」

孟陀說：「是。如果仵作的驗屍無誤，那麼有可能綁匪起初不想致他於死地，否則一刀了結不是更乾脆。身上的刀傷不是致命傷，這可能說明阿大被擄時有過掙扎、反抗，綁匪以刀脅迫，雙方扭打時劃傷的。綁匪為了制止阿大，用繩子綁了他的手腕，再繞過脖子，就像這樣。」孟陀走到白淙身後，抓手、綁繩等比劃一番。

孟陀坐下來後，問了一個問題：「那四個一同被綁的護院跑哪兒去了？照理說，綁匪來襲時，護院應該盡力抗敵才是。怎麼都沒有他們的丁點蛛絲馬跡？」

白淙說：「這個咱也想不透。張家說，那四個護院來到張家，少則一兩年，多則四五年，應該沒啥問題才對。」

孟陀說：「要我猜，那四個護院要麼與綁匪同謀，不然怎可能全無任何反抗的痕跡。要嘛，綁匪見阿大已死，索性把他們也全殺了，屍體往山上一丟，不留下活口，免得春風吹又生。不過，若是這樣，那為何只有阿大被丟入溪裡？連同護院往山裡丟，豈不乾淨俐落？」

白淙說：「哎呀，這些問題真讓人頭疼。設想啊，如果最初綁匪沒想要阿大的一條命，那就是要以阿大的命來勒索些甚麼，最有可能的是銀兩，或者要點可以牟利的，比如⋯⋯」

孟陀脫口而出說：「私鹽！」

白淙發出一聲啊，說：「私鹽，這倒是有可能。不過，聽說張家有朝廷發的鹽引，既然可以合法販鹽，為何又要暗地裡賣私鹽？」

孟陀說：「私鹽之所以興盛，是因無需繳稅，本錢低，利潤又豐，大小鹽商趨之若鶩，師兄看那些鹽商各個腰纏何止萬貫！鹽商之間黑吃黑又不是沒聽說過。」

白淙說：「如此說來，殺死阿大的兇手背後，有可能是哪地或哪家的鹽商。聽聞張貴和的生意做得極廣，從福建到山東一帶都有他的商號。會是哪裡的鹽商呢？」

孟陀說：「師兄，名面上的商號，查來不費事。只有那暗地裡的生意，咱們是無處可下手的。」

白淙說：「師弟，你說的對。看來只能多跑幾趟張府了，說不定他們會透露點風聲。」兩人在酒樓拉拉雜雜地聊了一會，便各自回去。

這日，白淙又帶了一班差役到張家，張家幾乎成為白捕頭每日晝卯之處。這一個多月以來，白淙已和大總管張昭談過好幾回，張昭每回總是話到嘴邊留七分，不願多談張家的內外事。今日，大出白淙的意料之外，張昭不僅健談，而且一再提及六年前嘉興鹽幫搶劫張家船隊一事。白淙心裡生了點疑問，這老狐狸該不會是要我替他查嘉興鹽幫吧？儘管心有疑點，既然張昭說出嘉興鹽幫，白淙認為必須前往嘉興一趟，瞧瞧究竟。

白淙回衙門後，直接跟吳知縣稟報。吳知縣聽到有線索可查，大喜，命白淙前去嘉興查案，旅途中一切所需，皆由衙門支應。白淙跟吳知縣提議，想找新城縣捕頭孟陀一同前往嘉興，畢竟是孟捕頭他們先發現屍首的。吳知縣滿口答應，說會行文給新城衙門。

兩日後，白孟兩人著常服，各攜把尋常腰刀，從臨安經杭州，先去海寧。孟陀說他曾經聽人說起一望無際的鹽田，想去看看鹽田長啥樣。於是兩人便去離海寧不遠的海鹽縣。當兩人站在嘉興海鹽縣城東虞家村，瞧著一望無際的海鹽田時，不約而同地發出讚嘆聲，真如古人所言：「海濱廣斥，鹽田相望」。

一旁不遠的漢子瞧白淙兩人站在鹽田旁指指點點，走過來問說：「你倆人在這裡幹啥？」

白淙回說：「咱倆從山裡來，見過稻田，沒見過鹽田長啥樣，來這裡長見識。」漢子說：「鹽田有啥好看的，看完沒事快走。」

孟陀說：「官府也沒說不讓咱在這裡看鹽田，為啥你要趕咱走？」

漢子說：「叫你們走，你們就走，不要在這裡囉嗦。」白孟兩人在縣城裡，平常只聽知縣的，還沒有人敢對他們發號施令，心裡一股氣湧上來，說：「你叫咱走，咱偏不走，看你能耐咱何。」

正當漢子要回話時，從村裡走來四五人，每人脖子上圍著一條白巾。走在前頭的那人說：「趙老六，你在跟誰說話呢？」

趙老六說：「腳頭，這兩人不知打哪兒來，站在這裡指指點點，咱覺得他們礙事，叫他們到別的地方去，他們不肯。」

被稱為腳頭的漢子說：「兩位如果沒啥別的事，請到別處去，咱還有活要忙。」孟陀正要開口時，白淙連忙說：「咱在這裡沒啥事，這就走。」說完拉著孟陀，往嘉興方向去。

路上，孟陀問白淙說：「師兄，方才為啥咱們要走？」

白淙說：「你也聽見那個趙老六叫另一人為腳頭，咱猜他們都是腳伕，專門承攬鹽田的運貨生意。趙老六可能以為咱們是去搶他們生意的，所以才叫咱們沒事快走。」

孟陀說：「咱們看起來像是搶他人地盤的無賴、惡少嗎？」

白淙說：「看起來不像。不過咱們如果跟他們耗下去，他們鐵定認為咱們真的是去搶佔地盤的，到時免不了一場拳打腳踢。」

孟陀說：「看那些人的模樣，應該不經打吧？」

白淙說：「能打不能打，打了才知道。有些腳伕是練過的，咱們初到嘉興，沒必要一來就跟地頭蛇結怨。」

孟陀說：「是啊，咱來嘉興是來查案，不是來比武的。師兄你看，縣城就在前方。」

三、紅巾藏寓姚家蕩

白孟兩人雖來到嘉興府，但人生地不熟，根本不知嘉興鹽幫可從何處尋起。再者，兩人又是常服查案，無法到嘉興衙門，向同行捕快們探查，一來是不知衙門官吏是否與鹽幫有牽連，二來也不好到他人地域問東問西，怕撈過界。是以兩人在市集、茶肆、酒樓等人多之處閒逛，假裝初到嘉興，隨意與人攀談。其實他倆也真是第一次到嘉興。

這日，兩人到海鹽縣，踱步至城隍廟口，見幾位臉上佈滿皺紋，似乎歷經不少風霜的老漢，坐在廟口大樹下乘涼。兩人到城隍廟上香，從右偏門進廟，一會兒再從左偏門出，順步至樹蔭底下，開口和老漢閒聊。初始，眾人話題圍繞嘉興、海鹽等地的風土習俗。漸漸地，白淙有意將話題移轉至鹽幫。

老漢一夥人平日就坐在樹下消磨時光，日子一久，幾人也無啥話題可說，通常都是各自靜默，眼神空洞地望向前方。偶爾看看來廟上香的善男信女，偶爾罵罵頂頭上聒噪的烏鴉。沒想到這日竟有兩個漢子來和他們攀談，這話匣子一打開，便有不知何時收攏之勢。

老漢當中有位姓許名添弟，為顯示他的見識廣博，滔滔不絕地將鹽商和鹽幫等事，說了一大串。末了。許老還說，咱們坐在這裡的幾位都屬鹽幫，想當初咱們那個狠勁呦！揹著鹽袋穿山越嶺，山區的老百姓每見到咱們去，無不熱情款待。這鹽味啊，誰都少不了它。有那麼幾次，遇見山匪想搶咱們的鹽袋。咱們可有那麼好欺負？大伙一發喊，把山匪打得屁滾尿流，哈哈。

一旁的老漢魏義開口說，還說得那麼高興，那次要不是咱和老方救了你，你早就當鬼去了，哪還有今日坐在這裡閒扯。老方說，對啊，為了你，咱還被山匪砍了一刀，哪，你們瞧，疤痕還在。老方拉了拉自己的上衣，露出肩頭上一道疤痕。許添弟不好意思地說，說真格的，當初要不是兄弟你們，咱老早就去見閻羅王嘍。

白淙聽了老漢們的過往，問：「諸位前輩真是風雲過一生啊，晚輩佩服得緊。前輩們是走山路，可有那走水路的？」許添弟搶著回答，說：「當然有啦。咱們嘉興鹽幫粗略分為山路與水路。山路的叫做白巾會，因為行走山路時，咱們的脖子上都掛著一條白巾，擦汗兼洗臉用，所以稱為白巾會。走水路的，脖子上圍一條紅巾，一來江河上風大，可擋風保暖，二來不幸落水時，紅巾可作為標記，走水路的稱為紅巾會。咱幫裡的紅巾會可厲害著，聽說不止江浙一帶，連福建沿海的運鹽都得找他們呢。」

孟陀一臉恍然大悟的樣子，說：「怪不得走在路上，見有人脖子上掛著一條白巾，有人卻是一條紅巾，原來都是鹽幫的腳夫啊。咱還以為是嘉興本地的啥習俗呢，還真長見聞了。」孟陀說完，抬頭看天色，說：「哎喲，光顧著和前輩們聊天，竟忘了咱還有事要去辦。前輩，叨擾您們許久，真是不好意思。咱兄弟倆先行一步，改日再帶酒來，和前輩們好好聊聊。告辭！」

許添弟說：「你們說啥話呢？甭客氣，想來就來，反正咱幾個老頭也沒啥事可幹，你們來了，咱們還可解解悶咧。你們慢走啊！」

白孟兩人回到客棧，在房內商量方才所見所聞。兩人以為，張昭說六年前，嘉興鹽幫在洪澤湖劫了他們送禮的船。劫船這事應是走水路的紅巾會幹的，只要往紅巾會去查，或許也可查到與阿大之死有關係，也說不定。

白孟兩人在房內說著紅巾會，殊不知這時也有兩人正在紅巾會的大本營姚家蕩探查。姚家蕩位在嘉興城西南，湖四周蘆葦茂密。湖面雖不似太湖般廣闊，水路卻四通八達，往南可通南郊河，再往京杭運河，或經長水塘，往海寧縣。往北可經環城河、南湖進入京杭運河。

那兩人，一人叫莫行遠，另一人為蕭不語，兩人來自河南。二人扮成旅人狀，顧一艘遊船，想觀看湖光山色。乘船時，梢公說：「咱們姚家蕩風景煞是好看，只是長年來湖的北面有一小股水賊出沒。若見客船載人，近了他們的地界，便會過來打劫。水賊不會對咱們這些梢公下手，畢竟大夥都在這裡討生活。但對外地來的客官總是壞事一樁。不過咱們只要不到湖的北面，也就不會遇見水賊。客官您們還想遊湖嗎？」莫行遠說：「既來之，則安之，走吧。」

莫行遠見姚家蕩景緻依舊，猛地想起青山依舊在，幾度夕陽紅詩句，不勝唏噓。六年前來到姚家蕩，也是這番情景。只是那時是三叉幫幫主郭魁，帶著他們一行九人，從杭州到海寧。再從海寧搭乘小船，沿著長水塘，進入姚家蕩。那時如果沒有郭幫主帶領，從河南來的他們根本不知如何才能找到紅巾會的大本營。姚家蕩遍布蘆葦，小船划行其間，易躲藏，也易迷路。

莫行遠想起，那時九人在盧大哥的帶領下，分成兩路，趁清晨水面薄霧尚未散去之際，從兩頭殺入紅巾會船屋。尚在酣睡中的紅巾會眾人，被喊聲、殺聲、哀叫聲驚醒，各個抱頭鼠竄。若非東家交代給予教訓即可，不必多造殺孽，恐怕湖水將染紅大半，浮屍佈滿湖面。那日，咱和盧大哥殺入船屋後廳，擒了紅巾會大當家袁三河，要他當面承諾，嚴禁會眾搶劫打著臨安張府旗幡的禮船。咱剁下大當家的兩根指頭以為懲戒，恫嚇說，先把人頭掛在他的頸項上，日後若膽敢再劫張府禮船，鐵定前來取回寄放的頭顱。

六年過去了，雖有聽聞紅巾會依舊為非作歹，張府禮船卻未曾被劫過，想來大當家有把咱的話當一回事。

莫行遠乘坐的小船在蘆葦間遊蕩，突然左方出現三只小船，往他們的船靠近。搖櫓的梢公見狀，把船帶向湖心，嘴裡喊著，「不好，水賊來了。」莫行遠問：「水賊？」梢公著急地說：「咱今日是大意了，搖櫓竟搖到這地域來，真是該死。」

蕭不語說：「梢公，你莫怕，讓他們過來，咱正有事想問問他們。」邊用力搖櫓，邊著急的梢公說：「客官，您說啥？讓他們過來？見到水賊，逃都來不及了，還要讓他們過來？」莫行遠說：「是，讓他們過來，你甭怕。」梢公聽後，放掉搖櫓的力氣，讓小船自行緩慢向湖心靠去，那三只小船靠了過來。

蕭不語見首船尚有數尺之遙時，一個縱躍，向來船飛去。船上的漢子驚見有人飛過來，本要舉刀迎上去。不料有顆石子打中他的右手腕，單刀立時脫手，掉入湖中。蕭不語落下時，一腳將漢子踹出船外，噗通一聲，跌入湖裡。船上另一個搖櫓的漢子，也舉刀向蕭不語砍去。蕭不語站在搖晃的小船上，使出短打，一下子便把漢子打入水中。另外兩只小船陡見前船漢子落水，不敢靠近，一溜煙地躲入附近的蘆葦裡。

落入水裡的兩名漢子頗諳水性，抓住船舷兩側，想要把蕭不語搖下船。蕭不語哈哈大笑說，這等把戲也想拿來跟咱玩。從右腳靴子裡頭拔出一把匕首，快速分刺左右。兩名漢子哎喲一聲，左右手分別被匕首點中，立時縮手，半浮在水中。莫行遠對漢子說：「咱問些話，便放你們走。若不答話，就只好一直待在水裡。」漢子見今日失手，已無其他辦法脫身，只盼望拖久一些，等會裡來人相救。

莫行遠要梢公把船搖近一些，開口問浮在水中的漢子：「你們可是紅巾會的人？」

漢子答：「是。」

莫行遠問：「你們的大當家可是袁三河？」

漢子答：「不是。」

莫行遠說：「哦？」

漢子說：「袁大當家已經在三年前退隱了，現今的大當家為以前的二當家慕蓉德。」

莫行遠問：「袁大當家退隱後去了何處？」

漢子說：「這小的不知，只聽說袁大當家去了海鹽。」

莫行遠思索片刻，說：「你們可以走了。」還在水中的漢子聽到後，想攀住船舷上船。蕭不語說：「說你們可以走了，卻沒說你們可以搭船走」，雙腳運勁用力一跺，一招鷂子翻身，縱回先前的小船上。

水中的漢子仍攀住船舷，卻瞧見船底板被跺出一條裂縫，湖水竟從裂縫中滲出。漢子見狀大驚，急切地想攀上船。不料兩人上船後，因重量增加，湖水快速地灌入小船內。兩人罵罵咧咧，試著用手掌把進水舀出船外。無奈湖水滲入實在太快，不一會兒，小船竟半浮半沉。兩人只好棄船，游回岸邊。遠處觀看的莫行遠和蕭不語哈哈大笑。

莫行遠和蕭不語回到客棧時，已近日沒時分，兩人遂在客棧膳房用些麵食。莫行遠說：「東家要咱們查清的事，原本只要找袁三河問便可。不料袁三河已經退隱，不在姚家蕩。咱們直接找慕蓉德問問，或者去海鹽打探袁三河的落腳處？」蕭不語說：「大哥，咱們先去海鹽找袁三河。找袁三河比較容易，只要問八指老漢住何處即可，遠比闖入姚家蕩找慕蓉德要來得容易些。況且，若紅巾會與要查的事有關，慕蓉德大概也會守口如瓶，不透露丁點風聲。」莫行遠說：「嗯，說得有理，咱們明日便去海鹽。」

翌日，白淙和孟陀去了嘉興南湖。白孟兩人雖也住浙江，卻靠山區，平日只見河流，未曾見過如此寬廣的湖面，頓覺心曠神怡。兩人湖邊賞景時，見有一艘船從不遠處駛近，船上眾人脖子上皆圍一條紅斤。白淙說：「那應是紅巾會的船，咱們也來雇船遊湖一番。」兩人在岸邊雇了一只小船，跟梢公說要遊湖，梢公滿口答應。

兩人賞景之際，隨口問梢公南湖景緻。梢公說這南湖又稱鴛鴦湖，較大的這邊稱為鴛湖，西南邊較小的稱為鴦湖，鴦湖再過去有個姚家蕩，遍布蘆葦，野鴨群聚，景色亦佳。只是那姚家蕩早已去不得，說有水賊出沒。

孟陀問：「水賊？」

梢公說：「是啊，水賊。」

孟陀又問：「這嘉興衙門不管管嗎，任憑水賊擾民？」

梢公邊搖櫓邊說：「客官，瞧您們從外地來，不知本地情況。這鴛湖自有衙門照應著，那姚家蕩可是鹽幫的地盤。通常咱們在那處搖櫓，只要不過界，也不會碰上啥麻煩事。但只要一過界，便有水賊從蘆葦深處出現，主要是搶劫遊湖客官。說是搶劫，卻又卻放過咱這些梢公，似乎不想讓人去姚家蕩似的。」

孟陀問：「梢公，你可知水賊的來歷？」

梢公壓低聲音，似乎怕他人聽見，說：「咱不太清楚，聽說是紅巾會的。」

白淙故作不知地問：「紅巾會？」

梢公說：「紅巾會是鹽幫內，以船運鹽的團夥，他們的脖子上都圍一條紅巾，因之稱為紅巾會。聽說這夥人啊⋯⋯」

孟白兩人等了片刻，沒聽見梢公往下說，便問：「這夥人如何？」梢公以下巴代手，指指從旁駛過的船，意思是那就是紅巾會的船。白孟兩人瞧著船往鴦湖的方向去，船上的船夫也往小船這邊瞧。

待那船駛遠了，梢公說：「紅巾會每次出船，若遇到查緝私鹽的官船，有關係者，無事通過，無關係者，亮刀相見。不然私鹽被全數沒入，可是會血本無歸啊。還有，鹽幫人出身貧苦，就命一條，天不怕地不怕，遇見民船能搶就搶，順手發些横財，馬無野草不肥，人無横財不富嘛。還有更狠的，直接搶劫運鹽官船。運鹽司曾找來軍士，說要緝捕紅巾會的船。結果在各處的水道、湖泊轉啊轉，就是找不到紅巾會。客官您說，咋會這樣呢？」兩人搖搖頭。白淙見紅巾會那船往鴦湖去，便也要梢公往鴦湖去。梢公嫌路程遠不願去，白淙無奈，只得要梢公讓他倆在楊柳灣下船。楊柳灣乃鴛湖和鴦湖的交會處，由嘉興鹽商出資，在該處遍植楊柳，故名楊柳灣。

兩人上岸已是午時，信步走入以燒鵝出名的一品鮮客棧。兩人點了一盤燒鵝和幾道小菜。剛點好膳點，便聽見有人喊：「老白，怎在這裡遇見你，你不是在臨安嗎？」白淙抬頭一看，原來是柳南豐。白淙說：「老柳是你啊，真是意外！」柳南豐走了過來，見白淙身邊還有一位漢子，問：「這位是？」白淙說：「他是我師弟孟陀，來，你們認識認識。」柳南豐坐了下來，白淙呼叫店小二過來。店小二見柳南豐在座，笑容可掬地說：「柳爺您來了。」柳南豐笑笑不答話。白淙加點了幾道小菜和一壺酒。

白淙對孟陀說：「這位是柳南豐，咱和老柳曾在涂州共事過。後來咱去了臨安。老柳，咱師弟孟陀，咱師兄弟一起來嘉興訪友。」

柳南豐說：「好極了，咱在嘉興也待了好幾年，還不算是地頭蛇，但可當個東道主，招待兩位。」

白淙問：「老柳，你方才說不算是地頭蛇，莫非你不在嘉興衙門當差？」

柳南豐說：「咱早就離開衙門了。自從你離開涂州後，咱就不幹捕快，現下在嘉興鹽商孫老爺底下辦事，賺的銀兩可比捕快多。」

白淙說：「哦，老柳，看在多年共事的份上，你可得給咱師兄弟倆引薦引薦，哈哈。」

柳南豐說：「這有啥問題呢，只要老白你願意來，自然有位子等著你。你那一身俊功夫，孫老爺是用得著的。」

白淙問：「此話怎講？」

柳南豐說：「遠的不說，光孫老爺府裡需要的教頭、護院就要十多人，有些來當護院的，功夫普通，就會那三兩下。況且有時還得幫孫老爺處理些江湖事，沒有像老白你那一身功夫的人，咱府裡的郝大總管可頭疼著呢！」

白淙說：「這麼說來，咱可真得到孫老爺手底下辦事。不過，咱在衙門逞官威慣了，到了孫老爺那裡還得聽命辦事，咱還是窩在衙門裡逞逞威風，也不賴啊，哈哈。」

白孟兩人和柳南豐邊吃邊聊些閒事，所談之事不外乎當捕快時辦案的種種。閒談間，每當白淙有意把話題引到鹽幫，柳南豐總是顧左右而言他，或者避而不談，總說鹽幫只是運鹽而已，毋有其他。白淙聽得出來，孟陀自也不例外。白淙隱約覺得柳南豐方才所說的處理江湖事，或許會和張阿大被殺有關。不過，這也只是感覺而已。

三人用完膳，柳南豐拿出一塊銀子，交給店小二算錢。店小二說：「柳爺，您給多了。」柳南豐說：「多的便賞你。」店小二異常高興，嘴裡滿口爺慢走，下回再來。孟陀聽店小二喊他為柳爺，見他出手闊綽，心裡有些異樣。三人立在客棧門口，白淙說：「老柳，這次讓你破費，下回咱作東，再來好好喝一杯。」柳南豐說：「一言為定，咱有事要辦，先走一步，告辭。」

白孟兩人見柳南豐走遠了，回一品鮮，喚來店小二，打聽有關柳南豐的事。店小二只知他在孫府辦差事，隔三差五的來一品鮮用膳，其他一概不知。白孟兩人見店小二所知有限，便不再問，沿著鴛湖，踱步回住宿客棧。

柳南豐在客棧別了白孟二人，急忙回到孫府見了總管郝忠。郝忠在孫府待了二十餘年，處理販運私鹽少不了他。白淙對郝忠說：「郝總管，咱今日在客棧遇見了白淙。」

郝忠問：「白淙？」

柳南豐說：「臨安縣捕快，他來到嘉興，不知是否與那事有關？」

郝忠思索片刻，說：「臨安縣捕快到這裡來，或許是查那件事，也或許查別的事。你想辦法去打聽一下，看白淙為何來到嘉興。找艾展去問問。」

柳南豐說：「是。」

海鹽城隍廟口，許添弟等人一如往日坐在大樹下，張眼打量入廟燒香的善男信女。老方見兩名漢子朝他們走來，心想該不會來問事的吧？果然，等兩人靠近，莫行遠拱拱手，開口問：「咱師兄弟倆前來海鹽訪故友未著，不知各位可認識袁三河？」

許添弟說：「袁三河？未曾聽過。老方，你知道這人嗎？」

老方搔搔頭，說：「不知。」

莫行遠說：「袁兄以前走船，兩手手指只剩八根。」

許添弟說：「八根手指？你說的該不會是老顏吧？老顏的手指只有八根，不過他不叫袁三河，叫顏利。」

莫行遠問：「或許老友退隱後更名改姓也說不定，敢問他住在何處？」

許添弟說：「好似住在出海河口附近，你到那邊再問問。」說完，以手指指向前方。

莫行遠拱手說：「好，多謝告知，告辭。」許添弟等人向莫行遠和蕭不語揮揮手。

兩人走到出海河口，見有民家五、六處，正想上前問人時，有一老漢從一處民家出來。老漢一見到兩人，拔腿便跑。跑了幾步後，停下來，轉身，朝莫行遠走去。

莫行遠見老漢走來，說：「袁大當家，方才為何要跑？」

袁三河說：「見到你不跑，難道還要被你剁下其他手指嗎？」

莫行遠又問：「那你為何又不跑了？」

袁三河說：「咱已退隱多年，沒啥事可惹上身的，也沒啥好怕你的，所以就不跑了。」

莫行遠說：「咱今日來只是想問問你，沒有其他。」

袁三河說：「咱退隱已久，紅巾會的事與咱無關，也沒啥可奉告的。」

莫行遠說：「咱都還沒說要問啥，你怎知無可奉告？」

袁三河說：「你來找咱，鐵定不是啥好事。」

莫行遠問：「你可知臨安張府張阿大被害一事？」

袁三河一頭霧水，說：「臨安張府張阿大？他是誰？」

莫行遠說：「臨安張府你是知道的，六年前，若不是你們劫了張府的禮船，你的手指應該還全在。」

袁三河說：「六年前那事甭提了。這張阿大是？」

莫行遠說：「是張貴和的獨生子，日前被人綁架殺害。」莫行遠將阿大被害的經過，擇要說了一番。

袁三河說：「所以張貴和想要報仇？」

莫行遠說：「張老爺想要知道誰殺了他的獨子，至於有無要報仇，咱不知道。」

袁三河帶著怨氣地說：「若不想報仇，咱會被你剁下兩根指頭？」

莫行遠說：「若無劫船，也就不會斷指，更何況只是斷指，沒有取命啊。」

袁三河略帶嘲諷地說：「那不得就要感謝您老手下留情啊！」

莫行遠說：「咱言歸正傳。你可知道張阿大被害一事？」

袁三河說：「莫說咱不知道，就是知道也不會告訴你。」

莫行遠見袁三河並不想說，改問：「你這大當家做得好好的，江湖的風評也還算不差，為何要退隱？」

紀大了，不中用。」袁三河說：「江湖風評是江湖朋友給面子，退隱是咱自個兒的事，年

莫行遠說：「咱怎麼聽說是慕容德逼你退位的？」

袁三河怔了一下，說：「沒這回事，你可別瞎說。」

莫行遠說：「聽說還是為了劫禮船一事，你把參與劫船的人全打斷腿，攆出紅巾會。為這事慕容德幾乎和你翻臉，對吧？」

袁三河頓時想起當時的情景。那日被莫行遠和一個不知名的漢子斷了兩根手指，且會裡的運夫多有傷亡後，自己暴怒如雷，將搶劫禮船的一夥人，該有二三十人吧？全數打斷腿，逐出紅巾會。為這事，慕容德和其他幾個船老大和咱發過火，說劫都劫了，怎可打斷弟兄的腿。把他們逐出紅巾會，叫他們靠啥過活呢？如此不講義氣，如何夠格當眾人的大當家？

慕容德說咱怕張府，他可不怕，下回再遇上，他還要再劫船。咱聽了後，一股怒氣打從心裡來，掄起刀，和慕容德打了起來。後來在船老

大的勸阻下，咱才沒和他殺紅眼。自此以後，咱和慕容德之間已種下裂痕，慕容德對咱有恨，也恨臨安張府。咱是為顧全大局，臨安張府咱惹不起。自那事後，慕容德不服咱的號令，言語之間有意無意挑釁。咱在會裡雖坐在大當家的椅子上，手底下人卻因直娘賊的義氣，越來越難管教。三、四年前，索性退隱江湖，不再過問會裡的事，落得清閒。咱離去時，曾勸慕蓉德切勿招惹臨安張府，否則恐有滅幫之禍。

袁三河說：「是有這事，你都打聽清楚了，何必再來問咱？」

莫行遠說：「咱也只是聽說而已，想來問你一下，聽你怎麼說。」

袁三河說：「咱沒啥好說的，想知道，就去問慕容德。咱這裡，你是問不出啥名堂的。咱該說的都說了，你們可以走了，咱還想要過過清靜的日子。」

袁三河說完後，逕自往海邊走去。蕭不語看著袁三河的背影，說：「袁三河說的話，十之八九可信，看來咱們得去拜訪紅巾會大當家慕容德了。」莫行遠點點頭。

白淙和孟陀來到嘉興的第三日晚，正在客棧膳房喝酒閒聊。兩人聽見店小二的迎客聲從門口處傳來，「呦，艾捕快，啥風把您老給吹來了？」艾捕快說：「一陣閒風把咱給吹來，咱閒閒無事，來你們這裡瞧瞧，聽說有咱的同行在你們這裡落腳。」店小二搔搔頭，說：「沒有啊，咱這幾日沒見著穿官服的捕快進門啊。」艾捕快指指白淙那桌，說：「哪，那裡不就有兩位嗎？」店小二順著手指處一看，說：「哎呀，艾捕快，他們穿著常服，咱慧眼不識英雄，這咋能看出來呢？」艾捕快說：「你看不出來，咱當捕快還能瞧不出來嗎？」說完，勁直往白淙那桌走去。

白淙和孟陀聽見店小二喊艾捕快時，兩人心裡不約而同地想，來得這麼快！心中頓時起了疑問，他怎麼知道咱們的？白淙見艾捕快走過來，起身，面帶笑容地說：「艾捕快請坐」，同時再請店小二備雙筷子和一個酒杯。

艾捕快也不客氣，一屁股落座，開口說：「兩位捕快來嘉興，也不來衙門走走，讓咱盡盡地主之誼。」

白淙說：「咱師兄弟倆是來訪友的，純屬私務，不敢驚擾公門，還望艾兄海涵。」

艾捕快說：「這是說哪話呢？同是捕快，不論公私務，彼此認識認識，互相幫忙，這是應該的嘛。來，咱叫艾展，今日就借花獻佛，敬兩位一杯，乾！」舉起酒杯，一飲而盡。白孟兩人也不敢怠慢，舉起酒杯，也是一飲而盡。

艾展問：「倆位來本地尋友，友人總有姓名吧，說來聽聽，咱也出出力，搞不好咱見過也說不定。」

白淙本想推辭，一想這傢伙可能死纏爛打，說：「咱找的是咱們的師弟，叫段景成。約五個月前，接到他的來信，說已到嘉興府落腳。本想過來瞧瞧，無奈公務繁忙，才延遲至今日。」

艾展問：「段景成？可有住處？」

白淙說：「說是在海鹽城隍廟口旁祥和巷，咱去了城隍廟口，問了大樹下乘涼的老漢，他們說沒這人。」

艾展說：「吔，如此啊！」白淙口中的城隍廟、祥和巷和樹下老漢都是真的，唯獨段景成是假的。一時之間，艾展無法辨識真假，隨意說：「莫不是哪兒有誤，才會尋不到人？這樣吧，咱回衙門去打聽打聽，幫你們留意，一有消息，自來告知你們。你們會待到何時？」

白淙說：「嘉興湖光山色，風景秀麗，咱倆還想多待兩天，好好欣賞嘉興美景。」

艾展說：「好，嘉興鴛鴦湖堪稱一絕，兩位欣賞風景自是歡迎」，接著意有所指地說：「若是遇到潑皮無賴，可得小心，免得惹了麻煩。當然啦，誰敢找咱們捕快的麻煩呢，那不是自討沒趣，自尋死路嗎？哈哈！」艾展再飲一杯，把酒杯倒空，起身告辭。

艾展走後，孟陀說：「已經有人注意到咱倆了，看來咱們來到嘉興，還真來對了。」白淙說：「應該是柳南豐那廝洩漏給衙門的，如此說來，衙門和鹽商的關係匪淺。咱們得小心在意些。」

莫行遠和蕭不語再次乘船到姚家蕩。梢公擔心水賊來擾，原本不想做這趟生意的。莫行遠好說歹說，且拿出一塊銀子充當船錢。梢公拿起銀子惦惦斤兩，覺得有點沉，方才答應。

梢公把船搖到姚家蕩北面時，果不其然，三只小船從蘆葦深處划了出來。莫行遠輕聲對梢公說：「莫驚，讓那三只小船靠近。待會咱們跳到小船時，你趕緊離去。」梢公看著莫行遠，一副不可置信的樣子。莫行遠點點頭，梢公只得依言輕輕搖櫓，三只小船快速靠了過來。莫行遠和蕭不語盱準時機，雙雙屈身一躍，分別跳上兩只小船。小船上的漢子見兩人跳了過來，便舉刀來劈。漢子的功夫本來不弱，但碰上莫行遠和蕭不語，兩三下便被打入水裡。船上搖櫓的漢子也拿刀殺了過來，兩人拔出背後長劍，也是三兩下就制服漢子。莫行遠對漢子說：「咱們與你無冤仇，不會想要殺你，只要你帶咱們去紅巾會船屋，便放你們一條生路。咱只是要找大當家談事而已。」漢子見白晃晃的劍架在脖子上，不想低頭，也得低頭。莫行遠叫兩個落水的漢子上船後，兩只小船往蘆葦深處划去。

第三只小船上的漢子見前兩船打了起來，本想過來幫忙。不料對方的功夫竟如此高，見勢頭不好，掉頭跑了。

小船划在蘆葦間，只見蘆葦高過人身，坐在小船上，四周盡是蘆葦，無法辨認東南西北，根本不知身在何方。莫行遠問划船的漢子：「你們如何識得水路的？」漢子說：「這蘆葦乃依據奇門遁甲之術栽種，不識得的，一進來便會迷路，若無人帶領，恐怕會被困在陣中。」蕭不語說：「用刀砍，不就一會兒功夫而已？」漢子有點得意地說：「既然敢以蘆葦佈陣，自然早就想到如何對付刀砍火攻破解之法了。」蕭不語吪了一聲，不再多說。

小船在蘆葦間東轉西轉，行有半炷香時間，方出了蘆葦叢，見到前方有一座船屋。莫行遠見這船屋，似乎不像六年前的船屋。小船泊妥後，漢子帶兩人前去船廳。門口守衛見陌生人前來，要了姓名，便進去裡面通報一聲。

守衛帶莫行遠和蕭不語入客廳，坐在客人座位。廳中主位坐著的，正是大當家慕容德，莫蕭兩人分坐兩邊，幾位船老大亦分坐兩旁。眾人一番江湖客套話後，慕容德開門見山直問兩人的來意。莫行遠說：「今日前來貴會乃受人之託，只問一事。」

慕蓉德說：「問何事？」

莫行遠說：「數日前，臨安張府張阿大被害，是否與貴會有關？」

慕容德說：「閣下為何有此一問？」

莫行遠說：「貴會六年前曾與張府有一番過節，那時在下前來叼擾一番。沒辦法，受人之託，忠人之事。六年過去了，好在貴會有聽進在下的忠告，大夥相安無事。」

慕容德說：「閣下如果是因六年前的事而來，那事早已了結，咱們沒再動過張府的禮船。如若要報仇，也不會等到現在才動手。況且殺了那個張甚麼大的，於咱何益？」

莫行遠說：「這麼說來，張阿大被害與貴會無關？」

慕容德說：「無關。」

莫行遠說：「好，咱們就是來聽大當家的一句話。既然大當家說無關，咱們也不會再叨擾，好漢做事好漢當。今日前來貴會打擾，還請大當家海涵，告辭。」

正當莫蕭兩人要起身時，坐在下首的漢子說：「且慢，你想來便來，想走便走？你以為咱們紅巾會船屋猶如市集一般，任由人坐地喊價？」

莫行遠說：「不然要如何？」

漢子說：「入了市集，也得聽聽賣家還價啊。想走，得問問咱們手中這把刀，看它允不允？」漢子亮出手中的鋼刀，右手手指在刀面上彈了一下，噹一聲，甚是清脆。

莫行遠說：「好刀。如此說來，手上功夫見真章？」

漢子說：「咱向你討教兩招。贏了，你們走人。若輸了，說不得只好把劍留下。」

莫行遠說：「好，恭敬不如從命。就在這裡？」

漢子說：「到廳後練武場，那裡寬敞些。這裡是待客用的。」言下之意是，尊你為客，你卻不把紅巾會放在眼裡，要來便來，要去便去。莫行遠怎會聽不出漢子口中的話語，微微一笑，說：「請帶路。」

一夥人出了船廳，到了廳後的練武場，漢子與莫行遠分主客位站定。莫行遠行抱拳禮，說：「在下莫行遠，向師傅討教幾招，不知師傅尊姓大名。」

漢子抱拳回禮，說：「俺行不改姓坐不改名，山西仙鶴古海，莫師傅請。」

莫行遠說：「古師傅，請。」

古莫兩人各自擺出起手式，發一聲喝，刀與劍隨即交纏上。古海的刀勢剛猛沉重，步法俐落，劈砍斬撩無一不將刀的作用發揮到極致。莫行遠見古海力勁勢猛，不與他硬砍硬劈，手中長劍宛如蜻蜓一般，一點即離。圍觀眾人眼裡看來，只見古海強攻，莫行遠閃躲，無不為古海喝采。

其實古海心知，快刀求速，若無法在十招內分出勝負，等力氣衰竭，必定落敗，是以一出刀，便想盡快打敗對手。哪知對方不求快，只求穩，出招全為守招，且守得恰到好處。原本數刀砍下來，對方的劍刃勢必得開花，但對方只輕輕一格便即滑開，看來今日遇上高手了。

雙方打了五十多招後，莫行遠感覺古海的刀勢已不似方才那麼剛猛，古海亦心知肚明，只是向對方下了挑戰書，今日無論如何都得力拼。古海運勁於右臂，力求在五招內擊敗對手。

高手相搏，除靠自身的武功修為外，也得破解對方的心思。莫行遠見五十招過後，古海竟還加強力道，料想必會想辦法在接下來的數招內分出勝負。一猜到對方的盤算，莫行遠便好整以暇。待數招過後，讓手中劍被刀一撩，順勢脫手飛起，趁古海一怔，使出龍形揉身法，右掌往古海左臉的太陽穴輕輕一拍，隨即撤掌，拱手說：「僥倖得手，承讓了。」莫行遠的劍落下時，也不去接，讓它自行插在地上。待古海會意過來時，敗局已定，拱手說：「俺輸了，輸了就是輸了，俺佩服。你們可以走了。」

莫行遠說：「古師傅快人快語，為人豪爽。若古師傅不嫌棄，咱們交個朋友。」古海說：「好，你這朋友，俺交定了。俺送你們出去。」莫行遠走去拔起自己的劍，還劍入鞘。古海跟大當家說一聲，帶莫蕭搭乘小船，三人在船上有說有笑。

半炷香後，小船出了蘆葦，行到姚家蕩東面許村，三人登岸，互相告別。臨別時，古海拿出一支短笛給莫行遠，說：「兄弟如果想來姚家蕩，在岸邊吹三聲笛聲，自有小船前來接應。下回見面，咱兄弟可得痛飲一番啊，來個不醉不歸，哈哈。」莫行遠說：「多謝古兄弟，一言為定。」

莫蕭兩人望著古海搭乘的小船離去，蕭不語說：「方才大哥最後一招走了險招，萬一古海把大哥的劍撩脫，續下殺招，結局不會是如此。」

莫行遠說：「是，咱故意讓劍脫手，賭的就是對方的楞。只要對方一愣，咱便有機可趁。凡高手過招，看的是誰的失誤少。失誤越少，勝算越大。」

蕭不語點點頭，說：「關於阿大被害一事，鹽幫應該沒有參與其中。慕容德說得對，六年後再報仇，已嫌晚，更何況殺了阿大，對紅巾會也無益處，只會惹來一身腥。現下咱們該如何呢？」

莫行遠說：「咱們再多待個兩三日，查查有無其他線索。若無，再回去臨安張府也不遲。」

蕭不語說：「好，就這麼辦。」

翌日一早，白淙和孟陀步出客棧，便發現一名青衣漢子鬼鬼祟祟跟在後頭。兩人互使眼色，也不聲張，一直走到街上，趁人群擁擠時，分兩頭溜開。跟蹤的漢子發現兩人往不同方向走去時，一時愣在原地，不知接下來該跟蹤誰。正在猶豫間，突然肩頭上架著一把刀鞘，後頭傳來粗曠的聲音說，你這跟蹤術也太不濟了吧。別想跑，往前走，到前方榮源舖旁的巷弄裡去。青衣漢子依言走進僻巷裡。

孟陀在巷口把風，白淙帶青衣漢子到一堆雜物後面，開口問：「誰指使你跟蹤咱的？」

漢子說：「就一個人啊，他跟咱說只要跟蹤你倆兩個時辰，兩個時辰後去老五茶肆告訴他，你們的行蹤，他便給咱五十文錢打賞。咱想真是錢從天上掉下來，這麼好的事，咱就答應了。沒想到，才剛走不到半炷香，便被你倆察覺。」

白淙問：「你認識那人嗎？」

青衣漢子說：「不認識。」

白淙罵說：「不認識也敢答應，萬一咱在這裡把你給宰了，你不就當個冤死鬼。」

青衣漢子哀求地說：「英雄饒命，小的見錢眼開，沒想那麼多。」

白淙說：「這樣吧，你繼續跟著咱們，不過，離遠一點。兩個時辰後，咱們跟著你，看看到底是誰想知道咱的行蹤。」

青衣漢子說：「那咱到時該怎麼說？」

白淙說：「你就據實以告，拿了錢，趕快走人。接下來的，咱們自會處理，懂了嗎？」青衣漢子點點頭。白淙和孟陀往街上走去，漢子遠遠跟在後方。

兩個時辰後，青衣漢子去了老五茶肆，見到出錢委託他跟蹤的那人。青衣漢子向前跟那人比手畫腳地說了一會，那人拿出一貫錢，青衣漢子面帶笑容離去。那人看了四周，見無可疑之人，離開茶肆，往城東走去。走到了向陽街，進了一所大宅院。那人渾然不知，背後正跟著兩名捕頭。

白淙和孟陀跟到向陽街大宅院，問路人這是何處。路人說：「這是孫府，嘉興鼎鼎有名的鹽商。」

白淙點點頭，說：「真是氣派。」

路人說：「孫老爺樂善好施，急公好義，是嘉興一帶出了名的大善人。」

白淙說：「咱們從外地來，不知嘉興孫府，真是井底之蛙。」

路人說：「不知者無罪。好了，咱還有事要辦，告辭。」

白孟兩人走到街尾一處麵攤，點了兩碗餛飩麵。兩人商量著接下來該如何行事。白淙說：「那人進了孫府，柳南豐說他在孫府辦事，可見艾捕快或是叫人跟蹤，應是柳南豐的主意。全嘉興城也只有柳南豐識得咱。咱們得想辦法把柳南豐約出來，好好詢問一番。」

孟陀說：「約柳南豐出來也不難，遞張帖子進去，說咱們要回臨安，為答謝他，請他吃一頓，就怕他不上鉤而已。」

白淙說：「無妨，咱們還是遞張帖子進去，來或不來，咱再走著瞧。」

在孫府內，方才進府的漢子跟柳南豐報告跟蹤一事，說白孟兩人只在城裡閒逛，東看西瞧，狀似悠閒，不像有要事要辦的樣子。柳南豐聽完後，要那人下去，自己去見了郝忠。郝忠正忙著調度鹽幫船隻運鹽一事，要柳南豐稍候。忙完手邊正事，便要柳南豐進房來。

柳南豐進去後，跟郝忠稟報，說白孟兩人似乎不像是來查案的。郝忠思索片刻，說：「無論白孟兩人是否來嘉興查案，絕不能牽連到老爺。

也不管他們有否查到些蛛絲馬跡，記住，要把事兒轉移到衛所軍那兒去。你也知道販賣私鹽不是只有老爺，衙門和衛所軍也參與其中。明白嗎？」

傍晚時分，有張帖子遞進孫府，寫明給柳南豐。柳南豐一打開帖子，原來是白孟兩人要回去臨安，約他明日午時一刻，在一品鮮客棧用膳道別。柳南豐不知白孟兩人葫蘆裡賣啥藥，決定帶些人手赴約。

近午時，一品鮮已是人聲鼎沸，慕名前來品嚐燒鵝的客人已快把客棧裡的座位坐滿。所幸白孟兩人來得早些，得以選一個可觀賞鴛鴦湖垂柳的靠窗桌子。柳南豐來到時，店小二剛好把燒鵝、荷葉粉蒸肉、柴燒豆腐等一品鮮拿手菜和三壺嘉興黃酒，擺滿一桌。白淙舉杯對柳南豐說，謝謝他前日招待，今日要離去，特地擺上一桌回請。接著孟陀也敬了一杯，柳南豐回敬兩人。三人閒聊著。

酒過三巡，白淙決定直搗黃龍。話鋒一轉，對柳南豐說，他們兩人是來嘉興查案的，查臨安張府張阿大被害一案。柳南豐一聽到張阿大三個字，神情頓時緊張不安起來，但也隨即隱去不安的神色。這一個臉色表情的微妙變化，逃不過白淙和孟陀的雙眼。兩人當捕快，歷練久了，總是可以從臉上表情看出些端倪。

白淙開始述說張阿大被害的細節，車隊、綁架、護院、殺害、棄屍等等。柳南豐曾幹過捕快，這樣的殺人細節，對他而言，不是啥新鮮事。可是聽到從白淙口中說出的殺人案，卻另有一番滋味。這滋味不是緝凶的滋味，而是害怕被揭穿的滋味。柳南豐越來越坐立不安。待聽到張府指控嘉興鹽商後，柳南豐突地起身，踏上座椅，往窗外一縱，跳窗逃走，往湖岸方向跑去。孟陀跟在柳南豐後頭，也跳窗而出。白淙掏出一塊銀子，丟在桌上，也跟著跳出窗外。客棧內正享用燒鵝的客人，被這突如其來的跳窗舉動嚇了一跳。等三人皆跳出窗外後，才又慢慢地撕咬著手中的鵝腿。

白孟兩人追到楊柳岸邊，立馬有八名漢子圍了過來，不由分說，舉刀便砍。兩人見柳南豐跑遠了些，又無法馬上突破漢子的包圍，心情焦慮起來。就在這時，突然有兩人持劍，殺入包圍圈，其中一人對白淙說：

「你們快追，這裡交給咱們。」白孟兩人不知來者是誰，但聽他這麼說，雙雙持刀殺出一個缺口，追柳南豐去。

柳南豐邊跑邊回頭望，不見白孟兩人追來，想必是被帶去的手下困住，那接下來呢？柳南豐心想，此刻已經無法回孫府了，循這路是去姚家蕩，先到紅巾會躲躲。

白孟兩人追出二、三里後，不見柳南豐蹤影，再往前，四周蘆葦叢越來越密，原來已經到了姚家蕩北面。兩人搜尋一會，只見茂盛的蘆葦遮住視野，難以辦認方位。白淙說，在蘆葦叢裡頭亂闖，恐有迷路之虞，於是循原路退出蘆葦叢。兩人正在商量下一步該如何時，迎面走來方才持劍解圍的漢子。四人互通姓名，一陣寒暄，莫行遠說他們是臨安張府委託來查張阿大一案的。張昭曾交代，若遇臨安捕頭白淙可出手協助。白孟兩人這時才明白，張府暗中動用了江湖勢力。

白淙說：「柳南豐已躲入姚家蕩，咱們要打鐵趁熱繼續追，免得給那廝跑了，斷了查案的線索。可是咱又不識姚家蕩的進出路，這該如何是好？」

蕩。」

莫行遠說：「咱雖不識進出姚家蕩的路，卻有人可帶咱們進入姚家

白淙問：「誰？」

莫行遠笑笑，從上衣內袋拿出一支短木笛，說：「它。」

白淙和孟陀一臉疑惑地同聲說：「它？」

莫行遠走到湖岸邊，吹起木笛三長聲。不久後，有只小船從蘆葦茂密處划了過來。划船的漢子問：「是你們吹笛的嗎？」莫行遠回說：「是，咱們找古海，古師傅。」漢子說：「好，請上船。」

小船划行在蘆葦茂密的水路間，白孟兩人觸目所及皆是蘆葦，既無法望穿，也無法看向遠方。莫行遠見兩人一臉詫異，解釋說：「姚家蕩蘆葦叢乃依奇門遁甲之術種植，目的在困住意圖不軌的外人。」

白淙恍然大悟說：「原來如此，怪不得方才東轉西轉，心裡疑惑，這路怎麼長得一模一樣？」

孟陀接著說：「可是柳南豐跑進蘆葦叢裡，不見人影。莫非他知道奇門遁甲之術，又或者⋯⋯」

蕭不語說：「他常來。」

四人說話間，小船已到船屋外的泊船處。四人陸續下船，划船的漢子帶四人到了船屋，門守進去通報。不一會兒，古海笑嘻嘻地從廳後走了出來，說：「歡迎大駕光臨，兄弟莫不是想咱啦，來，今日非得大醉才放你走。」

莫行遠說：「古兄弟快人快語，為人豪爽，今日非醉不可。不過，在喝醉之前，有件要事必須先辦。」

古海問：「吪，哪件要事？」

莫行遠說：「咱先介紹兩位公人給古兄弟認識，這兩位是白淙和孟陀，兩人都在衙門當捕快。今日因查一件殺人案，追到涉案人柳南豐。柳南豐躲到姚家蕩裡來，這兩位捕快與咱認識，咱說不上是急公好義，但因涉及殺人，故帶兩人來此，還請古兄弟恕罪。」

古海說：「這事可有點棘手。要是你莫兄弟的事，誰敢攔阻，咱就跟他翻臉。可這事是外地捕快的事，查案查到咱紅巾會裡來。咱這裡一向是公人莫入的禁地，今日全看在莫兄弟的面子上，才讓這兩位捕快來到船屋，不然……」

孟陀脫口而出說：「不然待如何？」

古海說：「進得來，出不去。」古海舉起右手，廳裡的紅巾會眾人各個舉起刀棒，屏氣凝神。

莫行遠趕忙說：「古兄弟，今日他們只是來問一下而已，不敢在船屋惹事。敢問大當家在否？」

古海放下右手，說：「真是不巧，大當家昨日出門，仍未歸來。不過會裡二當家在，咱請他過來。」古海要人去後廳請二當家來。

二當家出來與眾人相見，互通姓名，說些久仰之類的客套話後，莫行遠開門見山說了來意。二當家歐陽升一聽，說：「莫說柳南豐不在這裡，即便他在這裡，咱也不能交人。」

白淙說：「敢問為何？」

歐陽升說：「一來，衙門登堂抓人，總得有份緝捕文書；二來，閣下身穿常服，咱不知閣下這捕快是真是假。閣下說要人，咱就把人交出嗎？如果事情這麼好辦，咋會有刁民二字呢？」二當家這幾句話，直接了當回絕了白淙等人。

白淙說：「咱只是找他來問些話，問完話自然放他離去。」

歐陽升說：「咱已說過，柳南豐不在這裡，閣下若強行要人，可別怪咱紅巾會不懂禮數了。」

莫行遠出來打圓場說：「二當家息怒，白孟二人常服辦事，只因案情尚需釐清。兩人追柳南豐，追到姚家蕩不見他的蹤影，或許是來了貴會，因此才託咱一起前來。方才二當家說，柳南豐不在這裡。人既然不在這裡，咱當然不能強求，也強求不來。咱想此事就到此為止，打擾貴會，還請二當家海涵。」莫行遠轉頭對古海說：「古師傅，此刻非飲酒好時機。明日午時，咱在一品鮮等候古兄弟，不醉不歸。」

古海說：「好，既是兄弟邀約，不敢不從。咱一言為定，不醉不歸。」莫行遠等四人辭別二當家等人，搭乘小船回楊柳灣去。

方才白淙本還想再說，蕭不語拉他衣袖。白淙會意過來，一句話到嘴邊，又吞了回去。

四人離開後，歐陽升回到後廳，柳南豐仍等在那。柳南豐問：「他們走了嗎？」

歐陽升說：「都已經走了。方才柳爺交代的那些話還真管用，一說出來，對方全都無話可說。」

柳南豐說：「咱曾幹過捕快，對衙門抓人這事，還記得一二。不過那些話只能唬住他們一時而已，他們會等在外頭，咱也不可能一直躲在這裡。得想個法子，離開船屋，回到孫府去。」

歐陽升說：「這事好辦，咱明早要發船，走長水塘入海鹽塘，去海鹽出海河口鹽場支鹽，柳爺再跟船一起走，不就得了。」

柳南豐說：「這主意不錯，待在船艙裡不露面，誰也不知咱在船裡頭。」

歐陽升說：「柳爺今晚暫且住這裡，明早再乘船吧。」柳南豐點點頭。

莫行遠等人回到嘉興街上，找家酒樓，點了三素五葷小菜和白酒。

白淙問蕭不語方才為何拉他的衣袖。

蕭不語說：「看那二當家不通文墨的樣子，那些話鐵定是有人教他的。猜得不錯的話，柳南豐確實在紅巾會船屋。」

白淙說：「那咱們就有理由強要人了。」

蕭不語說：「非也，柳南豐在孫府辦事，孫昶是有頭有臉的嘉興鹽商，幫鹽商運鹽販賣的是鹽幫。你說歐陽升會出賣柳南豐嗎？」

白淙搖搖頭，說：「懂了，如果強索人的話，或許咱們會和紅巾會開打。」

蕭不語說：「說的是。為避免死傷，也沒必要去招惹紅巾會，退一步才是萬全之策。」

孟陀說：「如此說來，要找到柳南豐得另起爐灶了。」蕭不語點點頭。

莫行遠問：「明日午時，咱約了古師傅，你倆一起來？」

白淙說：「不了，方才幾乎和他起了衝突。要是明日再見面，恐怕壞了你倆喝酒的興致。咱明日想去海鹽城隍廟，找白巾會老漢們。前日曾說要帶酒去，請他們喝，感謝他們。」

莫行遠問：「是不是城隍廟口大樹下的那幾位老漢？」

白淙說：「莫兄認識他們？」

莫行遠笑笑說：「不認識，不過，曾向他們打聽過一個人。」

白淙說：「原來如此，那些位老漢有問必答，咱們得帶酒去答謝他們。來，莫兄，蕭兄，今日得二位相助，咱們敬你倆一杯！」

嘉興孫府鹽務總管房內，郝忠走過來，又走過去，思索該如何走下一步？方才柳南豐帶出去的手下，回來報告說，他們守在一品鮮客棧外，見柳主事從窗戶跳了出來，後頭跟著兩人。他們迎了上去，與那兩人打了起來。原本已將那兩人困住，不料不知從哪來了兩個持劍男子加入戰局。持劍男子的武功極高，弟兄們被他倆殺傷好幾人。無奈之下，只得撤退。柳主事應該是跑去姚家蕩了。

郝忠心想，柳南豐去了姚家蕩，那批人肯定也跟著追入姚家蕩，紅巾會沒那個膽敢交出柳南豐。要是柳南豐躲在紅巾會不出來，事情會好辦一些。如果他想辦法回來這裡，事情就有點棘手了。說不得，只好……。一想到這裡，郝忠要下人去找巴里來。

不一會兒，巴里來到鹽務總管房，說：「總管，您有啥事吩咐俺？」郝忠說：「巴里，你快馬去一趟揚州，請秦幫主派些人手過來，連夜趕來，要快。再叫人去海寧衛，給管千戶傳個口信，說孫府需要運夫，要他準備一下。」巴里聽了，說：「好，俺這就去辦。」

翌日，白淙和孟陀一早就備好一罈紹興女兒紅，起身前去海鹽，找城隍廟口樹下的老漢們。許添弟打老遠就看見白孟兩人向這邊走來，邊用手指著他們，邊說：「嘿，這兩人還真帶酒來啊！」樹下老漢們聽許添弟這麼一說，紛紛轉頭看向白孟兩人。

兩人一到城隍廟，見樹下老漢中，有三個前日未曾見過的。兩人也不以為意，老漢聚在一起打發時間，本就有時多點人，有時少點人。有人今日來，爾後未曾再來。來來去去，不就是那麼回事！

許添弟笑嘻嘻地對白淙說：「你這小老弟還真帶酒來，可惜咱沒備啥下酒好菜，就這麼乾喝，也沒啥滋味。更何況，咱們又沒酒杯，難不成大夥就著酒罈，你一口我一口輪流喝？」白淙說：「哎呀，咱還真忘了帶下酒菜，不過無酒杯不礙事，咱去廟裡借幾個敬神杯來用用不就得了。」孟陀一聽這話，趕緊去廟裡拿幾個敬神杯。

白淙把眾人手中的杯子斟滿，說：「來，第一杯敬咱們老前輩身體康泰。」大伙一口喝完杯裡的酒。白淙又把酒杯斟滿。

孟陀說：「來，第二杯敬咱們有緣認識。」大伙又乾了一杯。

白淙再把酒杯斟滿，說：「來，這第三杯咱們敬，咱們敬，哎呀，咱們要敬啥呢？」

魏義說：「咱們敬今日日頭高照，乾了！」眾人又乾了一杯。幾杯黃湯下肚，老漢們喝得興高采烈，說起陳年舊事，個個是神勇無比，拉著騾車，扛著鹽袋，翻山越嶺，四處販鹽。

許添弟說：「老顏，咱們這幾個都是白巾會的，你也說說你們紅巾會啊。」白淙注意到這個被叫做老顏的老漢，雙手只有八根手指頭。

老顏開口說：「咱紅巾會不像你們白巾會腳踏實地，咱們走船，行在水上，離地有好幾尺呢。」

老方不以為然地說：「老顏，你這話就不對了。你們走在水上，離地起碼有數十丈，甚至數百丈遠，怎會只有幾尺呢？」

老顏哈哈笑說：「咱說的是離河底，又不是離河岸，哈哈。」

老方說：「哎呀，咱被你給呼嚨了。」

老顏說：「不過說真格的，咱在水上的日子也不總是一帆風順。有時官府來查私鹽，有時不知名的毛頭小水賊，想來劫船。有時遇上官軍，不得不交買路錢。總之日子過得苦，船上的運夫苦怕了，遇上民船，能搶則搶，能積攢些，就盡量積攢。誰知明日又會如何呢？」

老顏說著底層人的苦楚，雙眼望向遠方。突然一個熟悉的身影映入他的眼簾，那人不是柳爺嗎？他怎會出現在海鹽？待那人走近一些，老顏喊說：「柳爺，啥風把您給吹來？」老顏這麼一喊，樹下眾人皆向那人望去。不看還好，這一看，白淙和孟陀立即起身追了過去。

老顏口裡喊的柳爺就是柳南豐。初聽見有人喊柳爺時，他還愣了一下，眼睛望向四周。等看清是樹下有人喊他，隨即有兩個漢子向他跑來後，立即轉身往海邊跑去。樹下老漢們不知道白孟兩人為啥追出去，也不知道那個柳爺為何轉身就跑。幾個人坐在樹下，事不關己地看著這一幕。老顏卻知道這事可能與鹽幫有關，也跟在白孟兩人之後跑去。

柳南豐跑到出海河口的鹽場，對著紅巾會的運鹽船大喊：「簡船大，快找人攔住後邊那兩人。」站在甲板上看著運夫把鹽袋一袋一袋往船上扛的船老大簡長，望見柳南豐被兩人急追的情景，以為他遭到強盜搶劫，大聲呼叫另一艘船的船老大王小五，帶手下去協助解圍。王小五聽了，隨即帶了五名手下，各持刀槍下船，朝柳南豐跑去。

白淙和孟陀眼見快追上柳南豐時，不料從河口泊船處，跑來六名攜帶刀槍的漢子。雙方一接近，不由分說隨即交上手，柳南豐趁機跑上簡長的運鹽船。白淙和孟陀的功夫原本高過紅巾會的漢子們，只是一來兩人出門時沒帶隨身腰刀，只帶了一罈紹興女兒紅，二來對方也練過幾招，雖然稱不上武藝精湛，一時之間卻也難有個結果。

三個持刀漢子圍住孟陀，孟陀施展小巧挪移的短打，盡量貼近對方，不讓對方的刀有砍劈的機會。而白淙面對的是二長槍一腰刀，好在使槍的漢子只會一招扎，不會打挑崩，再加上刀槍各使各的，不知長短配。白淙遂利用對手的短版，施展鷹爪翻子拳，輾轉騰挪，不一會兒便奪了一支長槍。白淙雙手握槍，卻不對付與他交手的兩人，快步跑向孟陀，以槍扎中一名正圍攻孟陀的紅巾會漢子的右腿，漢子立即萎了下去，孟陀趁機奪了他手中的刀，揮舞起來。

白孟兩人手上有刀槍後，情勢一下子逆轉，紅巾會的漢子顯得無法招架白孟攻來的刀槍。站在甲板上觀戰的簡長見己方落入頹勢，又叫運夫放下手邊的鹽袋，帶著刀械，前去協助。這些運夫一聽號令，紛紛放下鹽袋，從船甲板刀械箱取了尖刀，向白孟兩人衝去。

正把槍當棍來使的白淙，見數十人衝了過來，心裡暗叫一聲不妙。憑他和孟陀的功夫，對付尋常漢子，單打獨鬥或以一打二自是沒問題。但若幾十人圍上來，恐怕不死也傷。白淙心裡逐漸焦慮起來。就在這時，聽見有人喊住手，接著看見一名老漢高舉雙手，要那幾十人停住。白淙一看，那雙手手掌缺了兩指，莫非是方才在廟口一起喝酒的紅巾會老顏？

紅巾會運夫們看見前大當家老顏喊住手，個個放慢腳步，停了下來。白孟兩人也趁機向後退了幾步，與他們打鬥的紅巾會六人，跟著退到另一旁。老顏剛好站在三組人群的中間。

老顏說：「大夥住手，先聽老漢說一句。」站在甲板上觀看的船老大簡長，看見前大當家正說著話，也下船走了過去。

老顏對白孟兩人說：「可否請閣下告訴咱們，你倆為何追柳爺？」

白淙對老顏拱拱手說：「在下姓白，為臨安縣捕頭，他是咱師弟，孟陀，新城縣捕頭。咱倆到嘉興查一件殺人案。昨日查到該案或許與柳南豐有關，因此有話要問柳南豐。」

老顏說：「衙門辦案，咱們本不應插手，可是這裡是海鹽縣，兩位又穿常服，這事可有點棘手。」

白淙說：「咱也知這事不好辦，可是已經查出點線索，咱不能空手回臨安。咱們只是要問柳南豐幾句話而已。」

老顏說：「如果咱們不交出柳南豐呢？」

白淙說：「你們若不交出柳南豐，咱們可以硬攻，上船搶人。或者咱們回臨安，一五一十秉告臨安張貴和張老爺，就說紅巾會隱匿殺人案的嫌犯。」

老顏心想，單憑兩人硬攻，只是嘴上逞能而已。令他擔心的是，如果讓張貴和認定殺人案與紅巾會有關，怕不重演六年前的事？再加上莫行遠曾來找過他，思索片刻後，說：「好，咱帶你倆去問柳南豐。」老顏回頭見簡長也站在運夫前聽，便走向簡長，在他耳邊說了一些話。簡長是老顏的舊屬，邊聽邊點頭。聽後對白孟兩人說：「兩位隨咱來。」

白淙和孟陀在紅巾會運鹽船的船艙內見到柳南豐。

四、黑虎突襲緝凶人

子。鴛鴦湖楊柳灣一品鮮客棧內，莫行遠、蕭不語和古海坐在靠窗的位子。三人你敬咱一杯，咱再回敬你一杯，杯觥交錯，好不盡興。

古海說：「咱有幸交上你倆當兄弟，真是前生修來的福份。」

莫行遠說：「咱們行走江湖，不是與人結怨，就是與人結友。結怨這檔事少做，結友則多多益善。古兄弟乃豪爽之人，值得交往。咱倆能認識你，真是來到嘉興的意外收穫。」

古海說：「人說不打不相識，要是那日咱不強留你下來打一場，哪有今日坐在這裡喝酒談天說地啊，哈哈。」

莫行遠說：「那日咱虛晃一招，僥倖得手，說來真是不怎麼光明正大。」

古海說：「哎，兄弟說哪話呢？以前不是有個孫子說過多算勝，少算不勝嗎？兩人比武如同兩軍對壘，除了比拚功夫外，還得有算出對手下一招的本事，也要能隨勢應變。那日沒想到兄弟你會故意脫手，咱就愣了那麼一下，你的掌心已貼上咱的太陽穴。這要是生死之鬥，恐怕咱已成廢人嘍。在應變方面，咱是不如兄弟你啊，哈哈。」

莫行遠說：「單憑兄弟說出不如你這一句，足見兄弟大方俐落，來，咱敬這豪爽之氣，乾！」三人舉杯，一飲而盡。

放下酒杯時，蕭不語瞧見六個勁裝漢子進了客棧。店小二領六人到角落的桌子落座，一個留短鬚的漢子點了燒鵝、幾樣葷素菜和三壺酒。由於已是午時，客棧內的客人頗多，各桌交談聲喧嘩而吵雜。蕭不語快速地將用膳的各桌客人巡視一遍，就只有那六個人看起來像是江湖人士，其他多為經商旅客或地方仕紳。蕭不語屏氣凝神，側耳傾聽那桌人的談話。由於兩桌相隔不近，聽得不是十分真切，只聽到連夜趕路、必吃燒鵝等等隻字片語。

約過了半炷香時間，留短鬚漢子叫來店小二算酒菜錢後，六人便行色匆匆地出了客棧。

莫行遠與古海的這頓飯，吃了足足有一個多時辰。莫行遠見已經喝了好幾壺酒，且待會便要離開嘉興，回臨安去，對古海說：「古兄弟，天下無不散的筵席，今日酒足飯飽，聊得盡興，實在暢快人生啊！來，最後這一杯敬古兄弟，咱們後會有期。」古海說：「好，茫茫江湖，他日若再相遇，再來個不醉不歸，乾。」

三人在客棧門口互相道別，古海回姚家蕩，莫行遠和蕭不語往桐鄉方向去。兩人走到青鎮時，見天色已晚，便在青鎮住宿一宿，打算明日再去臨安。

白淙和孟陀在嘉興待了多日，這日要打道回府了。兩人出了嘉興，往桐鄉走去。但就在兩人剛離開客棧時，已有一隊六人的馬隊出了孫府，也朝著桐鄉的方向騎去。

兩人走到離青鎮約二里處，見有一茶棚，由於天熱，便到茶棚歇歇腿。此時茶棚裡僅剩一張空桌，兩人便坐了下去，跟茶博士要了兩碗涼茶。白淙隨意看看其他喝茶的客人，心裡暗忖有些人不像趕集的商人，也不像探親訪友的旅人，看他們穿著勁裝，很像是在等著甚麼的同一夥人。白淙不經意地瞧這些漢子的靴子，發現兩三人的靴子鼓鼓的，似乎內藏匕首。白淙心生警覺，對孟陀使個眼色。孟陀立即會意過來，把腰刀放在茶桌上，以備不時之需。

茶棚里幾個漢子一語不發地各自喝著茶，眼角餘光卻不時瞧向白孟兩人。白淙留意到左側一個留短鬚的漢子似乎向其他茶客使眼色，其他茶客也對他點點頭。白淙看著他們互相交換眼神，好像都在等那個短鬚漢子下命令。

突然，白淙霍地站起身來，出奇不意地將手中茶碗向孟陀背後左側那桌丟去，喊了一聲撤。孟陀也起身，雙手反拿板凳，往他背後右側那桌用力擲去，兩人隨即跑出茶棚外。茶棚內留短鬚的漢子應變得快，起身出腿，將飛來的板凳踢往一旁，說了一聲上，其餘五人便擎刀，追出茶棚外。白孟兩人跑沒多遠，被漢子們追上，雙方形成三對一打了起來。

白淙的武功比孟陀高，尚足以應付三人夾攻。孟陀的武功雖也不俗，但面對三名刀客的圍攻，顯得有點吃力。白淙見對方出刀既狠且辣，處處欲致人於死地，實在想不出過往曾與何人結下如此深的仇恨，以至於招招想取他的性命。面對漢子的凌厲刀勢，白淙無暇多想，只得專心對付眼前來刀。

另一邊的孟陀，心裡有些焦慮。漢子的來刀沉重，震得手臂有點痠麻，若硬扛下去，時刻一久，手上的尋常腰刀，不出二十招，刀刃便要開花。孟陀平日抓匪緝盜，難得遇上武林高手。今日或許時運不濟，竟對上使刀好手。孟陀使盡全身武藝，守多攻少，只能勉強應付。

留短鬚的漢子見一時拿不下白淙，眼角餘光卻瞥見孟陀似乎招架費力，喊一聲「離」。圍攻白淙的三個漢子，突然有一人抽身而出，轉攻孟陀，其餘兩人拼命攔住白淙。白淙暗叫一聲不好，欲擺脫兩人攔阻，左衝右突，卻是無法衝出兩人的刀網。孟陀力戰三人，已略為落入下風，突然又竄進一人，變成四打一。四人攻守進退，猶如事先演練過一般。轉瞬間，孟陀已身受多處刀傷。

白淙見孟陀已然守不住對方的攻勢，奮不顧身，雙手握刀，重劈短鬚漢子三刀，打得他連連倒退，腳步踉蹌。白淙趁勢一腳，踢倒短鬚漢子，再往他倒地的身子上用力一踩，縱身一躍，舉刀直攻圍住孟陀的漢子。漢子原本專注在孟陀身上，不想背後竟飛來一刀，等察覺淩厲刀風時，已然晚了。漢子後背被白淙重重砍了一刀，頓時血流如注，倒了下去。

白淙一擊得手，拉著孟陀，往青鎮方向跑去，三名漢子亦追了過去。孟陀身上多處刀傷，力氣幾乎用盡，難以再奔跑。白淙交代孟陀說，他去攔住追兵，要孟陀無論如何都要去青鎮，向鎮衙門求援。孟陀本想和白淙一起再戰，但白淙急切且嚴厲地對孟陀說：「對方刀法高強，兩人贏不了對方，何況你還受重傷，留下來只有死路一條，快走。」孟陀聽了後，勉強邁開步伐，往青鎮方向跑去。

追來的三個漢子，見白淙獨自一人迎了上來，另一人卻往青鎮跑去，互望一眼，其中兩個漢子上前攔住白淙，第三人趁勢去追孟陀。白淙見勢不妙，心一橫，運勁於右臂，奮力將手中腰刀往追孟陀的漢子擲去。只聽得漢子哀叫一聲，往前撲倒，一把兀自顫動的腰刀插在他的背上。手中沒了刀的白淙，頓時陷入苦戰。白淙雖極力左閃右挪，卻也避不了劃過手臂和身上的來刀。

跑向青鎮的孟陀，腳步雖有點踉蹌，但心想白淙還在那邊苦撐，他必須儘快找到援手。顧不得身上的傷，咬緊牙關，奮力跑向青鎮。幸好，兩人遇襲的茶棚離青鎮不遠。孟陀跑入青鎮街頭，路上行人見他身上多處刀傷，血跡斑斑，無人敢靠近。孟陀再往前跑到趙家茶樓門前時，一陣頭昏眼花，跌倒在地，引起路人一陣驚叫。趙家茶樓二樓靠窗的客人探頭出來查看，失聲叫道：「是孟陀。」路人見有兩人從二樓跳出，一人對倒在地上的漢子說，孟陀你怎麼了？又問了一句，白淙呢？倒在地上的漢子睜開眼睛一看，用手指著出鎮的方向。其中一人說，咱去，你趕緊帶孟陀去找郎中醫治。那人一說完，以迅雷不及掩耳的飛快腳步向鎮外跑去。

此際的白淙身上血跡斑斑，面對兩個漢子的刀，只有閃躲的份。那兩個漢子見白淙手中無刀，竟然還殺不了他，於是刀交左手，右手從靴子中抽出匕首，以長短刀對付白淙。白淙見兩人四刀，心想吾命休已，今天大概逃不過這一關了。於是牙一咬，罵了一聲直娘賊，即使死也要找個人陪葬。趁其中一人近身時，白淙以身受一刀的苦肉計，換得從後面抱住那人，張嘴便往他耳朵咬去，幾乎把耳朵咬了下來。被咬那人痛得以匕首反刺白淙。另一人盱準白淙脖子，正想一刀砍去時，一塊飛石打來，擊中他的後腦勺。漢子一驚，轉頭見一人持劍殺了過來，便舉刀相迎。

持劍漢子見白淙陷入險境，出劍毫無顧慮，招招皆是殺招。持刀漢子方才已和白淙打了一些時候，此時刀勢已無先前那般剛猛。漢子見來劍，劍劍狠辣，心中生出畏懼，刀法有些凌亂。持劍漢子出劍，一劍快似一劍，五六招過後，斬斷持刀漢子的右臂。漢子大叫一聲，肚子又中一劍，往後便倒。持劍漢子隨即殺向被白淙抱著的漢子，左右兩劍，劃過漢子的手腕，再一劍往他的咽喉刺去，卻沒刺穿。白淙和那漢子一起倒地。持劍漢子抓住白淙的衣領，提了起來，白淙兀自掙扎。持劍漢子大吼一聲，白淙，是咱。白淙睜大雙眼一看，是莫行遠，一放鬆，力氣用盡，昏了過去。

白淙再次睜開眼睛時，已是三日後了。躺在床上的他，鼻中聞到濃厚的草藥味，身上到處裹著白布，頭有點暈。莫行遠走了過來，說：「白捕頭，你終於醒了，郎中說你失血過多，需要靜養。」

白淙以虛弱的聲音問：「孟陀呢？」

莫行遠說：「你放心，孟陀在隔壁房療傷，無什大礙。」白淙鬆了一口氣。

莫行遠說：「此刻莫再多話，等傷勢好了差不多，咱們再聊。」

白淙在床上又躺了五天，這日覺得傷勢已有好轉，人也有些精神，想下來走走。起身坐在床沿，身上傷口處傳來陣陣疼痛。蕭不語推門進來，說：「白捕頭，你怎麼坐起來了？」

白淙說：「躺了這些天，覺得好多了，想起來走走。」

蕭不語說：「王郎中交代，你還得多躺兩日。」

白淙說：「咱如果再躺下去，這手腳可就變成樹幹一樣，直挺挺的，活動不了。」

蕭不語說：「躺在棺材裡的，那才叫直挺挺。你這點傷，只需要多休息兩日，又可像往日一般，無須著急。」這時，莫行遠和孟陀走了進來，白孟兩人相見，雙眼互相凝視，各自點了頭，無須多言。

莫行遠開口問：「你倆在何處遇襲？知道對方是誰嗎？」

白淙說：「青鎮外二里處的茶棚，咱們不知道對方的來歷，只知道他們早在茶棚等咱倆。」

莫行遠點點頭，把那日他和蕭不語在青鎮茶樓喝茶，看見孟陀倒在街上，出手相救，之後出鎮殺了對方兩人的事說了。白淙說：「咱和孟陀可得謝謝兩位的救命之恩。」

莫行遠說：「哎，這說哪話呢？咱們有緣相遇，況且又是救命，無須言謝。對了，咱查了四個躺在地上的漢子，每人胸口都有一個虎頭刺青，看得出來是揚州黑虎幫的。你們可曾和黑虎幫結怨？」

白淙說：「黑虎幫的名號，咱曾聽說過，似乎是個幫人處理江湖事的黑幫，只要出的價錢夠高，啥事都可辦。咱們未曾和他們結過怨，也不知為何會在茶棚襲擊咱們。莫非有人出錢想取咱們的命？」

孟陀問：「圍攻咱倆的共有六人，還有二人呢？」

莫行遠說：「咱查看地上漢子時，看見前方有二人騎著馬跑開。咱去茶棚看時，見茶棚後方繫有四匹馬，猜想應是那些漢子的座騎。問了茶博士，茶博士見你們廝殺，驚恐得說不出話來。咱便把馬通通帶了回來，繫在房後。」

蕭不語問：「你們可曾再遇過柳南豐？」

白淙拍了一下腦袋，說：「哎呀，一時之間怎把柳南豐給忘了，看咱這記性。」孟陀說：「師兄，這事咱來說吧。昨日咱倆在海鹽城隍廟見到柳南豐，原來他真的躲在姚家蕩。為了躲咱們的追查，他還特意搭紅巾會的運鹽船去到海口鹽場，怎料還是被咱們給碰上了。咱倆追他追到泊船處，和紅巾會的運夫打了起來。後在八指老顏出面斡旋下，咱倆在船艙見到柳南豐。師兄問他有關張阿大被害一事，他把事情推給海寧衛，說是張貴和爭搶私鹽市場，不留給其他人一條生路，且設計黑吃黑。海寧衛才謀劃綁架張阿大，想警告一下張貴和，不料卻失手殺了他。」

莫行遠說：「把衛所軍拉進這趟渾水，你們信？」

白淙說：「咱們不信，不過柳南豐確實是這麼說的。」

莫行遠說：「如果說是有人出錢請黑虎幫去綁架張阿大，咱還比較相信。扯到衛所軍，不過是柳南豐的移花接木之計罷了。」

蕭不語說：「如果咱料得不錯的話，柳南豐現在恐怕凶多吉少了。」

白淙和孟陀同聲問：「為何？」

蕭不語說：「你倆想想，你們曾見過柳南豐，他也對你們說了一些話。姑且不論話的真假，隔日你倆便在茶棚遇襲。這說明幕後那人，既不相信柳南豐會守口如瓶，也不相信柳南豐不會透露張阿大遇害的隻字片語。只有死人的嘴才密不透風。所以，不論你倆知道多少，也不管聽到的是真是假，只要把柳南豐和你倆殺了，張阿大遇害的背後原因再也不會被洩漏出去。」

白淙問：「誰會想殺柳南豐滅口？」

莫行遠說：「看誰指使黑虎幫來殺你們兩個。」

白淙說：「看來，咱們必須走一趟揚州。」

動身往揚州之前，白淙寫了一封信給吳知縣，說他和孟陀遇襲，幸無大礙。兩人已查到張阿大遇害的線索，必須前往揚州一趟等等。白淙在信封上寫上吳知縣的大名時，突然想起曾聽吳知縣吟過「十年一覺揚州夢，贏得青樓薄倖名」、「故人西辭黃鶴樓，煙花三月下揚州」等詩句，還有甚麼「二分無賴是揚州」，或者「春風十里揚州路」。最讓白淙詫異的是，吳知縣常說「人生只合揚州死」，把揚州說得跟世外桃源一般。白淙雖略通文墨，卻不解吳知縣這等士人言語中的風花雪夜。這下子要去揚州，可得好好瞧瞧啥叫做人生只合揚州死。

五、大銅山上擒黑虎

白淙等人到了揚州，已是遇襲的半個月後了。由於白孟兩人的傷勢不輕，只得在青鎮多待了些時日。幸好兩人自年少開始習武，筋骨皮肉練得粗壯，恢復得頗快。四人騎著黑虎幫留下的馬匹往揚州去，對身在公門的白淙和孟陀來說，一路馳騁，頗有江湖俠客，快意武林的味道。

四人在揚州新城外，遠遠望見一座樓房頂上高掛著酒望子，上頭寫著「揚州春色」。一商量，住進這家取名二兩的客棧。四人進去，問了掌櫃，為何取名二兩？掌櫃笑嘻嘻地說：「聽聞曾有酒簾子上頭寫著『三碗不過崗』，咱家的酒號稱『二兩不邁門』。只要喝了咱家客棧的酒，鐵定是要住在咱們這裡的。為啥呢？咱家客棧的酒，最是奇特。只要喝了二兩，是再也不想邁出大門的，咱們的客棧因之取名為二兩。」

莫行遠說：「掌櫃這麼說，咱們倒是要好好嚐嚐。」

掌櫃說：「咱家客棧的酒，出名的，不多不少，恰恰十種，叫做松菊桃碧香，天地五建菖。」四人瞪大眼睛，豎起耳朵聽著。

蕭不語打岔說：「橫批是不是叫做見底再說？」

掌櫃哈哈笑地說：「這位客官，您真有趣。這松菊桃碧香，分別是松花酒、菊花酒、桃源酒、碧香酒和香雪酒。天地五建菖乃天門冬、地黃酒、五香燒、建昌紅和菖蒲酒。」

孟陀插話說：「掌櫃您別說了，咱的酒量不佳，光聽酒名都快醉了。您若再說下去，咱不是二兩不邁門，而是聽完地上躺了。」眾人哈哈大笑。

掌櫃說：「要是這位客官真往地上躺了，放心，本店住宿打對折，再奉送一斤酒，讓您繼續躺，哈哈。各位客官是遠道而來吧？咱們這一處乃揚州新城，此處多居住鹽商，做生意買賣的也多在此。街上商號林立，遊人絡繹不絕，可是別處難見的熱鬧景象啊。各位傍晚無妨顧艘酒船，欣賞揚州湖光山色，要幾位歌妓伴酒吟詩作樂，那才叫風花雪月快意人生。客官如有需要，本客棧可代為安排。」

莫行遠說：「咱們今日趕了些路，身子有些乏，若有需要，會請掌櫃安排。」

四人進入房間後，因孟陀在揚州衙門內有識得人，先去探聽消息，莫蕭等人在客棧等候。一個時辰後，孟陀回到客棧。一進房，就說：「外人對黑虎幫所知不多，一般只知它在揚州，卻不知在揚州何處。據聞，聚集黑虎幫的，都是一些江湖亡命客，主要人物有仨，三人帶著一批手下，專門替人處理江湖事。」

蕭不語說：「如此聽來，這批人跟咱們還滿像的。要替人處理江湖事，總得有個地方接案吧？」

孟陀說：「有，聽說舊城南門觀音廟陳瞎子算命攤，就是接案的地方。只要落座算命，陳瞎子算完後，開出價碼，合意者先交一半價金，事成之後再交另一半。」

莫行遠問：「這陳瞎子如何知會黑虎幫？」

孟陀說：「那人不知。黑虎幫通常不在本地犯事，故衙門也不會閒著無事去找陳瞎子的麻煩。」

莫行遠說：「看來咱們只能盯著陳瞎子，順藤摸瓜，看看能否找出些端倪。」四人商議後，決定輪流到觀音廟守著。

揚州城西稍遠處有座大銅山，山雖不高，山勢卻頗為險峻，林木生得茂密，平時人跡罕至。黑虎幫老三阮鉞和手下回到半山腰的山寨。大當家秦雷看見出去六人，卻只回來二人，臉色大驚，忙問到底碰上啥硬貨色？阮鉞摀著胸口，無氣也無力地把在茶棚圍攻白孟二人，重傷其中一人，卻有一個不知名的劍客出手相救的事說了。

秦雷問：「可知那劍客是誰？」

阮鉞說：「不知，咱那時胸口被重踩，躺在地上，沒有和他打照面。只知他的劍術高超，一下殺了兩位兄弟。咱們看勢頭不對，趕緊撤退，只得將死去的弟兄留在那裡。」說完這些話，阮鉞臉上的表情似乎痛苦難當。

秦雷說：「老三，先別說了，你們去後房歇息。」秦雷看著門外藍天，心想這次接案真是損失慘重，還不曾遇見過這麼硬的對手，到底是何方高手所為？秦雷要手下去把關在側房的漢子帶來。

漢子被帶進偏廳，秦雷劈頭就問：「柳南豐，不是說好就兩個人嗎，怎會跑出一個甚麼劍客出來，害咱兄弟死傷慘重？」

柳南豐說：「這次案子，就只有那兩個捕頭，沒有第三人。」

秦雷嘿一聲，說：「你確定沒有第三人。」

柳南豐說：「沒有。」

秦雷嘆了一口氣說：「枉費你當過捕快，也在孫府待了好些年，這殺人滅口四個字你怎就不認得？」

柳南豐聽了，臉色大驚，說：「秦大當家，你說我是那第三人？」

秦雷說：「這就要問問你究竟說了，或做了甚麼。」柳南豐頓時想起在海鹽河口的運鹽船船艙內，曾和白孟兩人談過話。回到孫府後，他一五一十地稟告郝忠，說已依照吩咐，把事情全推給了衛所軍。莫非郝大總管已不相信咱，要殺咱滅口？想到這裡，柳南豐心中滿是疑惑，應該不會啊，都是依照他交代說的，他沒有理由殺咱啊？除非……。

柳南豐直問秦雷：「你為何沒對咱下手？」

秦雷冷笑兩聲，說：「你們大總管吩咐要殺你，卻沒說何時。暫留你一條命，是因為你知道我不知道的，留著你，或許對我有用處。等到沒啥用了，再來結果你不遲。」秦雷又問：「孫府為何要殺那兩個捕頭？」柳南豐一直沒答話。

秦雷說：「你不開口，咱有的是讓你開口的法子。你已是死路一條，用甚麼刑，都無所謂了吧？識時務者為俊傑，何必多受痛苦呢，說了多乾脆。」

柳南豐說：「咱說了，你還是把咱給殺了。」

秦雷說：「那可不一定，要看你說的，稱起來多少斤兩，買賣嘛！」

柳南豐想了想，說：「好，咱說給你聽。」

揚州觀音廟香火鼎盛，整日煙霧繚繞，前來求子發財的善男信女絡繹不絕。陳瞎子的算命攤通常就擺在廟口左側的榕樹下，可今日卻未見陳瞎子前來擺攤。四人在觀音廟轉了一圈，白淙提議，要不到城南門外寶帶河，顧只船，遊看揚州的水路景緻。其他三人都說好，四人便往城外走去。

上船後，梢公沿寶帶河，入荷花池，再進入安敦河後，匯入古運河。梢公邊搖櫓，邊介紹揚州的水路。梢公說：「這揚州自古就有運河，揚州城又稱運河城，水路四通八達。水路景緻可比得上蘇杭，尤其東關碼頭一帶，那可是萬商雲集啊。前面就是古運河，各位客官您瞧，運河對岸乃是文峰塔，進出揚州從老遠處，就可見到文峰塔，那可是揚州的地標啊！各位客官，咱們到東關碼頭瞧瞧？」莫行遠回說：「好，麻煩梢公了。」

梢公高興得唱起歌謠，四人聽不懂揚州地方話，依稀聽到梢公唱：「…有我婆來問我婆，無我婆來問哪個。鑼靠鼓來鼓靠鑼，湖里鹽船靠水多呀，靠水多。」

梢公指著河道說：「靠水多的意思哪，就是說無論是漕運，或是鹽船，走的都是河道。這河道偶爾淤塞，河道旁的土堤岸，每逢汛期過後，總是崩塌。多虧在地鹽商出錢僱工，清理河道，修築堤岸，咱們才有這生計。若是想等官府來清，可不知要等到猴年馬月。更別說，上頭撥銀子下來，中間也不知轉了好幾手，到底下所剩無幾，根本就不夠清淤泥和付錢給縴夫啊。好些年前，上頭給了銀子要清理河道，結果那批銀子也不知跑哪兒去。最後還是鹽商出面，把河道給清理一番。這是善舉啊！」

船行約半個時辰後，梢公指著前方大小船隻停泊處，說：「客官，那兒就是東關碼頭，您瞧多少船隻啊！」四人伸長脖子，望向前方，只見運河兩岸，停滿了大小船隻，有忙著上下貨的，也有載人過河的。運河上船隻來來往往，簡直就像街上來往行人一般擁擠。梢公在東關渡頭放四人下船，四人信步往東關街走去。此時已接近午時，街上酒樓茶肆無不人聲鼎沸。

白淙等人沿街聞香，停在李記酒樓門前。莫行遠說：「要不就這一家吧。」四人逕直走入，見有一空桌，紛紛落座。落座後，喚來店小二，白淙說：「咱們初到揚州，不知揚州有啥知名的菜色？」

店小二一副捨我其誰的樣子，說：「客官，這您就問對人了。咱們揚州菜，那可是轟動大江南北啊。要認真講啊，三天三夜也說不完。這樣吧，您們初次到揚州，咱們來個鰣魚宴如何？」

白淙問：「鰣魚宴？」

店小二說：「鰣魚產自揚子江，做法有十多種，有加酒的、加紅糟的、加豆腐的、加酸筍的，可說琳瑯滿目。」

白淙說：「好，咱平日肉吃多了，來個鰣魚宴也好，兩壺白酒。」

店小二有點賣弄地說：「客官，白酒是配不得鰣魚宴的。」

白淙疑惑地問：「怎麼說？」

店小二洋洋得意地說：「本店的鰣魚宴共有十二道菜，每道菜的色香味各有不同。若只以白酒佐那十二道菜，先不說盡失每道菜的味道，到後來入口的鰣魚就只有一個白酒味。這樣吧，咱給您們配酒，可好。」

白淙說：「每道菜配一種酒，那不就要喝十二種酒？咱只聽說過十種酒名，甚麼天門冬、建昌紅、桃花菊花的。」

店小二說：「客官，您有所不知，揚州的好酒豈止十種，起碼有二十種以上啊。還有那山芋、羊羔，農家自釀等等，一時之間也說不完，各有各的精妙。」

白淙說：「這倒是新鮮，咱們來嚐鮮嚐鮮。」

這一頓鰣魚宴直吃到日落時分，四人方心滿意足地走出李記酒樓。

孟陀說：「咱還未曾吃過這麼豐盛的餐宴，這頓飯不僅祭了五臟六腑，還增長了見識。看來揚州有錢人多，也會吃。」

莫行遠說：「李記酒樓還只是販夫走卒可以去吃的飯館，要講起廚藝絕活，只有在大戶人家家裡才吃得到，甚麼梨絲炒肉、烤全羊、悶豬頭、走炸雞，這等菜色任你錢再多也吃不到，那可是達官顯貴家才有。」

白淙嘆了一口氣說：「咱這輩子是甭想了，幹個捕頭，一年就那麼幾兩銀。若有收些規費的，錢袋子會重一些。像咱這種不走歪路的，偶爾打打牙祭，也算是有福的了。」

蕭不語說：「人各有志嘛！要不兩位捕頭也來入夥？」白淙笑笑不答話。

四人在繁華的街上逛了好一會。白孟兩人目不轉睛地瞧著人多、商鋪多、販售的貨物也多的夜景。街上兩旁的茶樓酒肆傳出喧嚣吵雜的談笑聲，夾雜著酒拳呼喊聲。這夜晚簡直比白天還熱鬧。

四人正想轉回二兩客棧歇息時，聽見前方不遠處傳來吵鬧聲，走了過去，瞧見二個漢子和一個挑著酒擔，沿街賣酒的老漢爭論著。一個漢子拿著酒壺說，剛買了老漢的酒，喝了後，發現酒裡摻水，簡直可以淡出鳥來。老漢說，酒是他家自釀，擔出來賣，賺點蠅頭小利，絕無摻水。另一個漢子說，這酒剛才才打的，一入口無酒味，不是摻水是甚麼？老漢說，他老秦活到今年七十，在街上賣酒這麼多年，也掙得小名聲。要是酒裡摻水，哪能賣這麼久？二人不管老漢的解釋，直要老漢賠錢。三人在街上爭吵，引得行人駐足圍觀。

漢子說著說著，罵老漢是奸商。老漢不堪名譽受辱，拿起扁擔，作勢想要打人。漢子罵說，沒瞧過奸商這麼理直氣壯，還要打人。老漢受不了氣，一擔子打了下去，卻被漢子接住。漢子順勢一腳，把老漢踹倒，另一人也想上前補上一腳。正當要出腳時，一顆飛蝗石打中他的後腦勺。漢子轉頭問：「誰？誰扔的石子？」站在人群後頭的莫行遠高聲說：「咱扔的，打你這個粗魯人。」圍觀眾人伸長脖子往出聲處看去。

莫行遠輕聲交代孟陀幾句後，走入圍觀人群中。白淙扶起老漢，蕭不語伸出手說：「把扁擔還來。」拿著扁擔的漢子見三人管閒事，心中生了些怯意，便把老漢的扁擔給了蕭不語，說：「今日這事就算了，咱們走。」

莫行遠說：「且慢，你們說秦老爹的酒摻水，罵他是奸商這事還沒了。」

漢子說：「咱們都不想計較了，你管那麼多閒事幹嘛？」

莫行遠笑笑說：「咱酒足飯飽後正閒著，剛好撞見這閒事。如若不管，豈不辜負這美好的揚州夜色？你說秦老爹的酒摻水，如果真如你所說，自然是要賠你，罵他一聲奸商，倒也合理。但如果沒有摻水，你說該咋辦？」

漢子說：「咱說了，跟他打的酒，摻了一半水。不信，你拿咱的酒壺喝喝看。」

蕭不語說：「秦老爹說，你倆約半炷香前，在街口榮源鋪跟他打的酒。一壺收五文錢。對吧？」

漢子說：「對，咋樣？」

蕭不語說：「半炷香後，你倆回來說這酒裡摻水，對吧？」

漢子說：「對。」

蕭不語說：「秦老爹打酒時，你倆站在酒擔子前，有看到他加水進酒壺嗎？」

漢子說：「咱倆光顧著說話，沒注意。」

蕭不語繼續說：「好，咱們來嚐嚐秦老爹酒擔裡的酒到底有無摻水，一喝便知分曉。」

漢子說：「你應該喝咱酒壺裡的酒才對啊！」

蕭不語說：「咱哪知你是否喝了半壺後，加水進去，再來這裡爭吵。」

漢子有些心急地說：「你，你這是血口噴人啊！」

蕭不語拿起酒瓢，往酒擔的酒甕取出一瓢酒，倒入酒碗，說哪位來嚐嚐看。一位中年漢子走了過來，接過酒碗，把碗湊近鼻子聞一聞，真香啊。再喝一口，烈而不嗆，說：「農家私釀的酒就是道地，好酒。」說完，把碗裡的酒一飲而盡。

那兩個漢子見中年漢子走過來，拿起酒碗時，開始心神不寧。等到圍觀眾人光顧著看他喝酒，便想趁人不注意偷偷溜走。兩人躡手躡腳往後退了幾步，一轉頭想溜時，卻撞上孟陀。孟陀笑笑說：「兩位是要去哪？」

兩人見事跡敗露，惱羞成怒，同時出手往孟陀身上打去。兩人出手毫無章法，一下子就被孟陀打倒在地。

莫行遠走過來說：「兩位還有何話可說？」坐在地上的漢子猶嘴硬地說：「你們知道咱們是甚麼人嗎？」

莫行遠說：「哦，你倒說說看。」

漢子說：「咱們是王府的人，王府你惹得起嗎？」

莫行遠說：「如果你倆認錯求饒，說不定本大爺還會放了你們。既然你倆把王府的名號抬了出來，本大爺便要好好教訓你們。龍潭虎穴咱都敢闖了，區區一個王府咱還不敢惹？」說完，上前，啪啪啪啪，各打兩個耳光。圍觀眾人只見莫行遠身形一動，便聽見連響啪聲，卻沒瞧清楚他是如何出手的。

兩個漢子捂著臉頰，低聲下氣地說：「好漢饒命，咱們知道錯了，是咱們誤會賣酒的老漢，下次不敢了。」賣酒的秦老爹走過來，說：「算了，他們只不過想多喝一口酒而已，讓他們走吧。」莫行遠說：「看在秦老爹幫你們求情的份上，這回且饒了你們。下回再撞到咱的手裡，可就沒這麼好過了，還不快走？」漢子唯唯諾諾地跑走。圍觀路人見事情落幕，也各自離去。

秦老爹對莫行遠等人說：「感謝各位好漢相助，要不是各位出手，咱今日恐難善了。」

莫行遠說：「秦老爹您客氣了。路見不平，出手相助，如此而已，沒啥大不了的。您的身子骨還好吧？」

秦老爹說：「沒啥要緊，就是被踢了一腳而已，還經受得住。」

莫行遠說：「那就好，咱們回客棧去了，您老保重。」

秦老爹說：「要不咱把酒擔裡的酒送你們，聊表謝意？」

莫行遠抱拳說：「咱們今日喝得夠多了，無法再喝，感謝老爹的好意，後會有期，告辭。」

秦老爹說：「既然如此，告辭。」

四人走在街上，孟陀開口問：「方才那兩人說，他們是王府的人。這王府究竟是何方神聖？」

莫行遠說：「在各州府仗勢欺人的下人，不是侯府，就是地方富豪。在揚州，或許是那鹽商吧？」

翌日，孟陀來到城南觀音廟，見到廟口樹下擺了桌椅，桌旁一張幡子，上頭寫著「摸骨神算，鐵口直斷」八個大字。陳瞎子坐在桌後，身旁有個少年，幫他準備一應器具。孟陀本來站在遠處觀看算命攤的動靜，後來想想，搖搖頭笑笑，這陳瞎子眼不見物，即使站在他面前，他也未必知道是在注意他，何必遠觀呢？孟陀走近觀音廟，坐在廟口右側的石凳上。

今日來摸骨算命的，看起來都是些拜完觀音後的善男信女，不像是來投鏢的。孟陀看了一上午，不覺有異。午後，換莫行遠來觀音廟。莫行遠雙手揹在背後，觀看廟牆壁上各式忠孝節義的壁畫，眼角餘光不時瞄向算命攤。約一炷香後，一個中年漢子走了過來，坐在陳瞎子面前，伸出右手，放在桌上，嘴裡說著甚麼話。陳瞎子聽完，雙手開始觸摸漢子的右掌和手臂。摸完後，換摸左手。陳瞎子口中念念有詞，莫行遠站得較遠些，聽不清陳瞎子說些甚麼。漢子點點頭，說了些話，隨即掏出一個有點沉的袋子，交給陳瞎子。陳瞎子收下袋子後，漢子便起身離去。

莫行遠一直等到傍晚，陳瞎子和那個少年除了去廟後方的茅廁外，半步不離算命攤。莫行遠心想，這下可得跟著陳瞎子到他的落腳處了。剛好這時白淙等三人來到觀音廟，莫行遠便將他的主意說了。三人一聽，點點頭，畢竟也無其他更好的辦法。

陳瞎子起身，伸個懶腰，說該回去了。少年先到廟後牽一輛騾車來，把桌椅幡子收入騾車。接著兩人先後上車，出了城南，往西走去。白淙等人跟在騾車後。這一走，走了大半個時辰。

騾車到了大銅山山腳下，突然停了下來。陳瞎子下車，站在車後的路旁，面對揚州城。白淙見騾車停下來時，也停下腳步，見前方陳瞎子下車，往這邊望來，心裡一驚，隨後笑笑。白淙心想，他是個瞎子，能看得見咱們嗎？

陳瞎子當然無法看得見白淙等人，但他聽得見一群人的碎步聲。陳瞎子開口說：「諸位朋友，如果想算命，明日一早請到觀音廟。如果想問路，咱一個瞎子可比不上明眼人。如果想打劫，一個瞎子身上能纏得幾貫錢？」

莫行遠見跟蹤騾車一事，竟被陳瞎子看穿，不敢托大，走上前，行拱手禮，說：「咱們既不算命，也不問路，更非打劫。」

陳瞎子說：「既然都不是，為何出南門後，就一直跟在騾車後呢？」

莫行遠說：「咱們只想問件事。」

陳瞎子說：「問事？」

莫行遠說：「咱有兩位朋友，不知哪兒招惹了黑虎幫，致使黑虎幫竟然派人襲殺他倆。咱想知道黑虎幫為何想殺他們？」

陳瞎子說：「既然與黑虎幫有關，你應該去問黑虎幫，為何會來問我這個瞎子？」

莫行遠說：「這揚州城裡，知道黑虎幫落腳處的就只有你陳瞎子，沒有第二人。不問你，難道要找陳瞎子幫咱們摸一摸骨？」陳瞎子的眼睛雖無法視物，心卻明亮得很，心裡暗忖，這件事應該是前些日子嘉興孫府的案子。案子沒處理好，獵物反倒找上門來。咱只要死不承認，他們敢光天化日下欺負一個瞎子？

正當陳瞎子要開口回話時，七八名漢子騎馬從揚州方向過來。為首那人見到陳瞎子站在路旁和四人說話，心生奇怪，多看了兩眼。漢子覺得不對勁，喝住馬隊，下馬走了過來，其他漢子紛紛下馬。為首漢子說：「陳師傅，發生甚麼事嗎？」

陳瞎子說：「沒啥事，這幾位朋友想問件事。」

漢子問：「他們想問啥事？」陳瞎子還沒回話，白淙帶著捕頭的口氣，先開口說：「咱們問事，跟你有啥關係？」這一問，倒把漢子愣住。

漢子說：「陳瞎子就住在咱家隔壁，平日也沒見過你們幾位。各位今日路上攔車問事，不覺得強人所難嗎？」

莫行遠說：「閣下誤會了，咱們沒有攔車，是⋯⋯」，一句話未說完，陳瞎子開口說：「他們從南門一路跟蹤到這裡。」

漢子聽完陳瞎子的話，刷的一聲，拔出佩刀，說：「原來不懷好意，想打劫啊」，一刀砍了過去。站在他身後的漢子們見狀，紛紛拔出鋼刀，殺了過來。莫行遠四人見對方拔刀，也舉刀劍相迎。為首漢子對上莫行遠，兩名漢子迎上蕭不語，白淙和孟陀則是被四名漢子圍住。

為首漢子使出潑風快刀，一把鋼刀被他使得虎虎生風，出刀速度之快，莫行遠甚少見過。莫行遠的劍術堪稱一流，但遇上快刀，也不敢大意，出劍速度也快。刀劍相交發出的噹噹聲，比夜晚寺裡的鐘聲不知快了多少。

蕭不語對上的那兩名漢子，手上的刀亦非尋常。兩人的刀法、走位互相配合。一人攻上盤，另一人必打下盤。一人刀斬右，另一人刀必劈左。兩人出刀自然，無須刻意照應。蕭不語遇過的高手不多，今日算是棋逢對手了。過了十餘招後，蕭不語從靴子裡抽出一把匕首，以長劍短刀應付對方的雙刀。

白淙和孟陀應付剩下的四名漢子，這次比起上回在青鎮外茶棚遇襲時，好多了。漢子們的刀法不弱，可看在白淙眼裡，也只是比尋常刀客的刀法高了一些。白淙出刀故意示弱，引誘漢子節節進逼。待退了四、五步後，突然屈身，舉刀擋住漢子的劈刀，冷不防出腳一掃，漢子沒注意，竟被掃倒在地。白淙不欲殺人，反轉刀背，重擊漢子的腹部。一招得手，白淙隨即起身，以連環快刀逼得另一個漢子只有招架之勢，無反擊之力。正當漢子左支右絀之際，白淙隔開漢子的來刀，刀尖順勢往他的右肩快速刺去。一刺入肌膚，隨即拔出，漢子叫了一聲，白淙飛腿將漢子踢倒在地。

當白淙施展掃堂腿時，孟陀以羅漢刀對付兩名漢子。初始孟陀以守護全身為要。待過了七、八招，雙手握刀格住對方來刀，刃沿對方的刀面急速往下滑去，欲劃對方的右臂。漢子為避免右臂被劃傷，想以左掌擊打孟陀的右手。不料，孟陀反轉刀刃，突然變招攻向漢子的左掌。漢子來不及收回左掌，竟被畫了一刀。孟陀再反轉刀刃，快速劃傷漢子的右臂。另一漢子見同夥雙手被劃傷，急步上前砍向孟陀。孟陀往後一躍，躲過漢子來刀。這名漢子的武功不如孟陀，五招過後，孟陀使出一招羅漢翻身，縱步竄到漢子的背後，以刀柄尾端重擊漢子的後背，漢子痛得無法再出刀。

蕭不語以長劍短刀應付配合無間的雙刀，一時之間，無法尋得雙刀出收時的破綻，只得右格左刺，或左架右揮，化解雙刀的攻勢。兩名漢子見雙刀竟無法快速拿下蕭不語，心中暗自生驚。以他倆的對戰經驗，還不曾有人可以打過二十招而毫髮無傷的。兩人只得出全力猛攻蕭不語。

另一邊，莫行遠的快劍揮灑得越來越得心應手。漢子的潑風快刀雖快，招數卻將要用盡。若無法在剩餘招數內擊敗對手，只怕招數用完了，便給對方看出破解之道。漢子心一急，加快出刀的速度。莫行遠等的就是對手的心急，心一急，招式還未使全，便會急著使出下一招，出刀的威力難免減了幾分。莫行遠趁對方的招數將變未變之際，搶先出劍。漢子見對方來劍，自然以刀格擋。沒想到，莫行遠突然以劍鞘揮打漢子的右腦。漢子一急之下，以刀擋住劍鞘，這時莫行遠的劍尖已抵住漢子的咽喉，漢子只得撤刀認輸。

蕭不語和兩名漢子戰得難分難解，雙方你來我往，有攻有守，就是沒有哪一方能佔得了便宜。

就在這時，從大銅山方向，數匹馬奔馳過來。蕭不語一見快馬來到，虛幌兩招，退到一旁。那兩名漢子也收起刀，退到騾車旁。為首的漢子下馬，走了過來，一見到莫行遠，咦了一聲，說：「是你？」莫行遠也說：「是你！」兩人一見面都說是你，倒把其他人給弄得有些丈二金剛摸不著頭。

為首的漢子說：「啥風把你給吹來？」

莫行遠說：「咱有兩位朋友被黑虎幫給傷了，咱來問一下。」

漢子說：「原來是你救了那兩人，壞了事。」

莫行遠說：「壞了事，壞了誰的事？」

漢子說：「你知道江湖規矩的，咱也不用多說，有本事上黑虎幫來，咱們就在大銅山山坳裡。」說完，對其他的漢子說：「咱們走。」陳瞎子坐上騾車，在一眾漢子的前簇後擁下，往大銅山去。

白淙等人望著馬隊離去，回頭看著莫行遠。莫行遠說：「先回揚州，咱再跟你們說其中緣由。」

黑虎幫眾人回到山寨，下馬，陸續進入大廳。大當家秦雷問：「方才是怎麼一回事？」陳瞎子把莫行遠等人的跟蹤說了。二當家丁鵬開口說：「咱就是見到那夥人為難陳瞎子，咱才動手的。沒想到哪幾人的功夫真了得。那使劍的漢子是何人，大當家似乎與他相熟。」秦雷先要人去請阮鉞來，得把事情好好釐清一下。

阮鉞來了後，秦雷說：「那人叫莫行遠，河南武林人士，不知他的門派，只知道他也替人處理江湖事。前些年曾在河北碰過他，他的武功高強，同夥的幾人也不是甚麼省油的燈。只是大家各為其主，立場不同，彼此之間難免留下些過節。那一次，咱們是吃了點虧。」

阮鉞說：「那一次，咱們受託保護一個人，沒想到卻栽了跟斗。前日青鎮外茶棚襲擊，咱胸口受傷，沒追上去。要是追上去，好歹也會認出對方，咱們兄弟也不至於死傷慘重。」

秦雷說：「事情過了就過了，再提也於事無補。現下兩件要緊的事，一是嘉興來的案子，咱們沒能完成。二，咱料得不錯的話，莫行遠一干人明日鐵定會上山來，咱們可得好好應付。」

丁鵬說：「咱們要不要去邀請些人手來？」

秦雷說：「眼下去哪裡找人手，更何況邀來了，怕也打不過莫行遠。咱不是滅自己的威風，只是識時務者為俊傑。明日他們來了，咱們無論如何絕對不能洩漏東家的名字，這是江湖規矩。」

丁鵬說：「不邀請幫手，也不出賣東家，對方的武功又高，咱們不就等於任人宰割？」

秦雷說：「當然不是！對方若要硬來，咱們也就硬擋。放心，對方只想知道背後之人，咱還有最後一計。從咱們口中說出，與從別人那裡聽聞，兩者是不同的。」

丁鵬說：「大當家說的是⋯⋯」秦雷點點頭。

隔日午時前，莫行遠四人騎馬來到大銅山黑虎幫山寨。四人見寨門敞開，料想黑虎幫必定有準備，將馬繫在門外。莫行遠邁步踏入黑虎幫山寨時，要眾人小心留意。四人一入寨，過了中庭，便見到大當家秦雷站在大廳門前。秦雷哈哈笑，說：「咱料到你們今日定會前來，不敢怠慢，早早就開大門等候各位。放心，要埋伏那種小手段不是咱們的作風。」白淙哼了一聲。秦雷看出白淙一臉不屑的樣子，說：「前些時候在青鎮外的茶棚，咱們是等候出手，可不是埋伏在路旁。來，各位請進。」莫行遠等人隨秦雷進入大廳，分賓主落座。

秦雷說：「咱知道各位今日前來，是想要查出青鎮一事的背後東家。這件事恕咱無法透露，莫兄你是知道的。」莫行遠心想，他竟然跟咱稱兄道弟起來了，開口說：「咱了解江湖規矩，各為其主嘛！只不過如果兩邊的案子互相衝突，說不得就只能看誰的武功高了，河北那件事不就如此嗎？」秦雷和阮鉞對望一眼。

秦雷語氣略顯強硬地說：「咱們在刀尖上討生活，技不如人，也無啥話可說，但這江湖規矩還是要守的。如果今日莫兄仍想以功夫見真章，咱不得已只好奉陪到底。」

莫行遠說：「看來，閣下是不會說出背後東家的底細了。你們守規矩不能說，而咱們白孟兩兄弟又被你們所傷，還在床上躺了好些天呢。這皮肉之傷可不能白挨。看來這事到此倒顯得有些棘手，咱們無法就此罷手回去，你們也不會平白說出案子何人所託。嗯，唯一的解決之道是……」，莫行遠一句話沒說完，看了蕭不語一眼。蕭不語接著說：「咱們只得把襲擊白孟兩位捕頭的兇手帶回衙門審訊了。動手！」

莫行遠、白淙和孟陀一聽到動手兩字，各自從座位起身，拔出刀劍，殺向廳內黑虎幫眾人。黑虎幫幫眾也知道今日免不了一戰，自莫行遠等人進入大廳後，各個全神戒備，等候大當家的號令。當蕭不語說出動手二字時，秦雷愣了一下，一時之間沒有會過意來。等到明白動手兩字是他們的密語時，莫行遠的劍氣已抵門面。在這間不容髮之際，秦雷雙手緊握座椅扶手，雙腳尖一蹬，往後便倒。利用後倒之勢，滾了一圈，從座椅椅背抽出那把黑虎九環刀。原來，秦雷的座椅乃是特製，椅背的兩根側柱造型頗似一把刀。側柱中間挖空，各安置秦雷慣用的刀，一把為尋常的雁翎刀，另一把就是黑虎九環刀了。不知者從座椅外觀看，只見到兩根側杜形狀有趣，柱子上頭一段雕刻成刀柄狀，沒想到其中暗藏玄機。

莫行遠本想一劍制住秦雷，沒想到被他脫逃，於是跨步向前，使出獨劈華山招式。半跪在地上，尚未起身的秦雷連忙使出霸王舉頂，左手托住九環刀刀背，右手握刀柄，將刀上舉擋住。由於秦雷的臂力大，這一舉刀竟然彈開了莫行遠的劍劈。秦雷趁此空隙，起身，把倒地的座椅踢向莫行遠。莫行遠躍起，避開座椅，和秦雷打了起來。

當莫行遠出劍時，白淙和蕭不語將廳內的黑虎幫漢子引出大廳，為的是要分散黑虎幫幫眾，避免全擠在大廳內廝殺。孟陀留在廳內，為莫行遠掠陣。這樣打法乃是四人昨日商量好的。

昨日回到客棧後，莫行遠先把如何與黑虎幫大當家秦雷相識的緣由說了，接下來四人商量該如何行事。白淙說，既然已知襲擊之人就是黑虎幫，當然得上大銅山一趟，問個清楚。莫行遠說，對方也是處理江湖事的幫派，自然不會透露託案的東家。一旦透露，爾後也不必在江湖混了。白淙問，那該咋辦？蕭不語想出一個點子，亦即先禮後兵，先問後打。只是這打要有個名目，說詞是黑虎幫襲擊外出公幹的捕頭，必須將一干匪徒逮捕，帶回衙門審訊。白淙點點頭說，這倒是個好說詞。

四人商議如何將戰場分成廳內外，由白淙和蕭不語引幫眾到廳外中庭，莫行遠和孟陀留在廳內，莫行遠對付秦雷，孟陀應付還在廳內的漢子。莫行遠說，敵眾我寡，此戰必定凶險，但如果不施以強硬手段，咱們來此調查張阿大遇害一事，可說白走一遭。即使回去，也無法對東家交代。三人點點頭。孟陀問，咱們何時動手？蕭不語說，咱們進入主廳後，先各自鎖定對手。等咱說出動手二字時，迅即出刀劍截住對方。若大哥能一劍制住秦雷，咱們也不用再打。但若無法一劍得手，只得接下硬戰了。只是，咱這次的目是要找出答案，或者把人帶回去，切勿趕盡殺絕，結下新的仇恨。只要打得對方無法還手即可。四人商議完，便各自安歇去。

大廳內，黑虎幫眾人一見到莫行遠出劍攻向大當家，一時之間不及反應，眼睜睜地看著大當家的座椅向後倒去。待見到其餘三人持刀劍殺了過來時，紛紛拿起兵器抵擋。白淙和蕭不語各自攻了兩三招後，邊打邊往門外退去，與之對陣的黑虎幫眾也跟著追出去。留在廳內的漢子只剩被孟陀截住的兩人。

白淙先跑出大廳，蕭不語緊跟在後。蕭不語明白今日必須速戰速決，雖不殺人，卻必須傷得對方無法再打。跑了十餘步後，蕭不語突然轉身，衝向剛跑出門外的黑虎幫漢子，使出連環十八劍，黑虎幫漢子應變不及，劍光閃動，五六個漢子的手臂紛紛中劍。白淙再跟著過來，對手臂已然受傷的漢子，再多劃兩刀。片刻之間，黑虎幫漢子已有七八人傷在刀劍下。

大廳內，秦雷施展生猛的黑虎九環刀，九扣環所發出的噹噹聲，聲勢著實嚇人。但莫行遠已是老於江湖，刀背上的九環不過虛張聲勢而已，若刀術高超，何需九環？秦雷的臂力甚強，莫行遠不與之硬碰硬，劍一沾上刀隨即抽離，再加上善於跳躍閃躲，九環刀不是劈斷廳內的座椅，就是砍中廳內木柱，留下吋許痕跡。兩人過了三十多招後，莫行遠突然想到，秦雷的九環刀若直刺入廳內木柱，一時之間應無法拔出。想到這一點，莫行遠便以木柱為背，自己中路露空，引誘秦雷使出直搗黃龍。

秦雷全力施展截攔斬抹帶，就是傷不了莫行遠。待見到莫行遠一招白鶴沖天後，竟露出中路，機不可失，乃右手反握刀柄，左手手掌托住刀柄末端，一招直搗黃龍，奮力往前一刺。不料莫行遠一個歇步坐盤，秦雷用力過猛，刀竟刺穿木柱。待要拔出刀時，莫行遠的劍尖已然抵住他的胳肢窩。秦雷沒想到自己竟然敗在刀法入門第五式歇步截刀這招，右手放開刀握把，說了聲不用打了。大廳內與孟陀交戰的兩名漢子，聽到大當家這一句不用打了，四眼齊望著大當家，手中的刀猶舉在半空中。孟陀橫刀胸前，趁機退了兩步。

大廳外，白淙和蕭不語仍與黑虎幫眾人廝殺，白淙對上二當家，蕭不語應戰雙刀漢子。這時，大廳再次傳來秦雷高聲喊叫「停手，不用打了」，雙方將信就疑，想停下刀劍，卻又不敢怠慢。秦雷走出廳外，說：「不要再打了，大伙通通入廳來。」雙方見秦雷親自走出廳外，喊了那麼一句，紛紛收起手中刀劍，走入廳內。

秦雷說：「這一戰是咱們輸了，功夫不如人，也無話可說。不過，咱們是不會透露背後東家，也不會把幫內兄弟交給你們。」

莫行遠說：「大當家乾脆爽快，咱們佩服。不過咱們今日來，就是為了一句話，或是兩三個人。如果既不說出，也不交人，這可就是要無賴了，不像是大當家的作風。」

秦雷說：「咱剛才說的是不會把幫內兄弟交出，可沒說不會把人交出。去把客人帶來。」莫行遠等人聽了，臉色狐疑，大當家葫蘆裡賣啥藥？

不一會兒，客人被帶進大廳。莫行遠四人見到他，著實嚇了一跳，竟是柳南豐。照理推，這人不是該被殺人滅口了嗎？秦雷見莫行遠一行人的臉色，微微一笑，說：「你們可能會想，他怎麼還活著？是的，他還活著。有人要殺他滅口，但上天有好生之德，咱們沒動手，留著可能有些用處，如今剛好可以交給你們。你們想怎麼問，就問吧。接下來的事與黑虎幫無關，你們可以走了。」

柳南豐一見到白淙等人，心裡一驚，待聽到秦雷將他交出時，臉色沮喪。一想到郝總管不顧他為孫府賣命的情份，竟要殺他滅口。再想到此時竟被秦雷利用，以他的命抵換黑虎幫幫眾，他這一生還從沒淪落到這種地步。柳南豐臉色轉為倔強，說：「好吧，事已至此，你們想知道甚麼，咱全招了，但不在這裡說，免得隔牆有耳，性命不保。」

莫行遠說：「這樣最好。秦大當家，後會有期，咱們走。喔，對了，還有一件事。」

秦雷說：「人都給你們帶走了，還有啥事？」

莫行遠說：「門外四匹馬是貴幫的，大當家不介意借給咱們代步用吧？」

秦雷說：「拿去吧，別再來了。」

秦雷坐在椅上，望著莫行遠等人離去，心裡暗忖，殺張阿大那件事與黑虎幫無關，但不知這柳南豐會不會把黑虎幫拖下水。還有，沒殺柳南豐滅口，這事如何跟郝忠說明？秦雷頓時頭痛了起來。

六、張府圖謀報子仇

「咱知道的就是這些，綁架一事全由郝忠策畫，商隊由嘉興衙門捕快艾展負責招募人手，海寧衛和黑虎幫也參與其中。咱只是居間跑腿」：柳南豐說。

張貴和一語不發地聽著。張府總管張昭問：「既然只是綁架，你們為何殺了少爺？」柳南豐說：「聽艾展說，他們請張公子上馬車後，張公子見情勢不對，掙扎想下車。艾展幾人壓制住張公子。張公子不願屈服，一直反抗。黑虎幫出言恐嚇，張公子對黑虎幫一頓臭罵，惹得黑虎幫火大，傷了他，再拿粗繩綑綁他。沒想到過於用力，竟然……」柳南豐見張貴和臉色轉為鐵青，不敢再往下說。

張昭又問：「咱家阿大公子有四個護院，四個護院人在哪？」柳南豐說：「四個護院見公子上了馬車，也跟著上了別輛馬車。四人中有兩人被收買，另兩人被黑虎幫殺了，屍首丟在荒郊野外。被收買的兩人加入黑虎幫。」

張貴和喪子之痛未消，聽到阿大被殺的經過，怒由心生，從座椅起身，撲向柳南豐，卻被白淙及時攔住。白淙說：「張老爺保重，咱瞭解您的喪子之痛。但柳南豐所說，不知是真是假。如若是真，這事異常棘手。黑虎幫是個江湖幫派，既然涉案，咱們必定會查清究竟何人所為，決不放過。至於捕快艾展，咱必須稟報吳知縣，好商量下一步。只有那衛所軍，咱們是無能為力的。」

張貴和的怒氣仍在，聽了白淙的話後，腦袋清醒了一些，說：「把他帶下去，關在後院。」

白淙說：「張老爺，恐怕不行。咱得將柳南豐帶回衙門，由知縣審問錄口供。這人不能交給貴府自行處理。」

張昭說：「老爺，白捕頭說得對，就由白捕頭帶回去吧。」

張貴和嘆了一氣說：「好。」

白淙說：「那麼，咱們就告辭了。」

張昭說：「兩位捕頭慢走。」

白孟兩人出了張府，莫行遠和蕭不語在街尾僻巷處等候。白淙對莫行遠說：「莫兄，借一步說話。」兩人走進僻巷裡頭，孟陀、蕭不語和柳南豐待在原地等候。三人只見白莫兩人交頭接耳，一會點頭，一會搖頭。兩人彼此對看一眼後，點了點頭，走回三人等待處。

莫行遠對兩位捕頭拱手，說：「今日有幸與兩位捕頭結識，乃此行的最大收穫。」

白淙說：「咱和師弟的性命蒙二位相救，銘記於心。日後如有需要兄弟的地方，咱們赴湯蹈火在所不辭。」

莫行遠說：「誒，這是說哪話呢？舉手之勞，不必掛在心上。況且咱替人處理江湖事，兩位捕頭身在公門，以緝匪拿盜為首要，說不定哪天咱們成為兩位捕頭追捕的對象，到時可就不好辦咯，哈哈！」

白淙尷尬地笑了笑，說：「黑虎幫的馬匹請莫兄帶回去吧，咱的俸祿只夠溫飽，哪養得起這些馬啊。」

莫行遠說：「既然如此，咱帶牠們回去。白捕頭哪天想上大銅山時，別忘了老馬識途啊！後會有期，告辭。」白淙和孟陀看著莫蕭兩人四馬消失在街道的盡頭。

張府外四人道別，府內張貴和和張昭談了阿大被害的死因。張貴和說：「前些日，咱去了福建，見了王知府和廖仲傑，那兩人既不出面整頓福建鹽幫，也不願出力對付浙江紅巾會。現在閩江口以北全是紅巾會的地盤，如果放任不管，過不了多久，整個福建的運鹽船就會落入紅巾會手裡。到時嘉興鹽幫不就控制浙江福建的私鹽販運？」

張昭說：「老爺，嘉興孫昶所作所為似乎都衝著咱們來。公子之所以遇害，就是咱們在江淮的私鹽收益，引得多路人馬覬覦所致。照剛才那個在孫府辦事的柳南豐說，黑虎幫、衙門和衛所軍皆參與其中，這事牽連甚廣，恐怕不是那麼好對付。」

張貴和說：「既然他們已經殺了阿大，咱們若不報仇，倒像是示弱般，日後不免會被他們踩在頭上。咱們一定要那些人血債血償。這樣吧，阿大被害的主謀，一個是郝忠，一個是那個甚麼捕快，叫甚麼來著⋯⋯」

張昭說：「艾展。」

張貴和說：「對，艾展。咱們要用些手段，把郝忠綁來，問清楚到底有多少人馬參與殺害阿大，一個都不能放過。至於那個艾展，他的命哪比得過阿大，留著也不值錢。還有，你親自跑一趟泉州，去看看閩南的販鹽市場，帶古明和武師前去，以防萬一。府裡的事暫且交給張元打理。」

張昭說：「咱明白了。」

張貴河問：「對了，河南那批人去嘉興查線索，何時會有消息？」

張昭說：「老爺，昨日已收到他們的來信，信中說會由臨安捕頭向您說明一切，方才白捕頭已經說了。」

張貴和說：「好，就依剛才說的去辦吧。」

張昭回總管房後，著下人去請劉師傅來。劉師傅來後，張昭在他耳邊輕聲吩咐，劉師傅邊聽邊點頭。張昭也把張元找來，跟他交待一番。

白淙帶柳南豐回到臨安衙門，已接近傍晚時分，孟陀先行回新城縣去了。吳知縣見白捕頭拿了一名人犯回來，喜從天降，笑逐顏開，說：「白捕頭，辛苦了。這人犯先關押進牢房，本官明日再審問，你下去休息吧。」

這一出門好幾日，白淙的確也覺得有些疲累，吩咐差役，把柳南豐關進牢房。柳南豐看了看白淙，白淙不發一語地看著差役把他押走。

白淙回捕頭房，逕自往床上躺去。原本想說可好好睡上一覺，不料一躺上床，睡意全消，腦海中浮現九死一生的場面。尤其是青鎮外那一幕。一想到他自己竟張口咬人，不自覺地搖搖頭，笑了出來。笑，不是覺得咬人有趣，而是認為失了身份。練武人，打不過就打不過，怎可用下三濫的手段動口咬人呢？唉，一旦傳出去，這臉可往哪兒擺？還好莫行遠沒有說出咱的醜行，算是為咱保留一點顏面。莫行遠和蕭不語兩人武功高強，為啥甘願當殺手，不願服公職，為民伸張正義呢？人各有自志吧！要是日後必須抓他倆人到案，咱抓是不抓？論武功，咱是抓不到，可論職守，卻又必須抓捕歸案，難啊！想著想著，迷迷糊糊之間，覺得眼皮沉重，漸漸睡去。

翌日，白淙被一陣敲門聲吵醒。門外老差役田五喊說：「白捕頭，知縣要審問昨日您帶回的犯人，請您趕緊過去。」白淙在床上應聲：「知道了，隨後就到。」起身，到門外水缸，隨便洗了一把臉，去了二堂。

二堂內，吳知縣坐在桌案後，柳南豐跪在西側的跪石上。吳知縣細細問了張阿大被害的情節，柳南豐如實說出。吳知縣看了白淙一眼，白淙點點頭。吳知縣要柳南豐在口供上畫押，隨即令差役將他押回牢房。

吳知縣看了一下口供，說：「這案子著實不好辦，先不說黑虎幫、衛所軍，即便是那個捕快艾展，想拿他前來，可得費一番思量，更不用說嘉興鹽商的總管郝忠了。白捕頭，你有何想法。」

白淙說：「稟告老爺，單憑柳南豐一人的口供，咱們的確無法拿人。萬一柳南豐無端誣陷他人，咱們貿然行動，到時恐怕惹得一身腥。目前咱們也只能暗中查案，看看能否再找到涉案的人。柳南豐供出的人都在嘉興，除非咱們再去嘉興一趟，否則斷難有水落石出的一天。」

吳知縣說：「嗯，言之有理。張府知道了嗎？」

白淙說：「已經知道了。」

吳知縣說：「好，如此一來無需咱們先出手。本案先擱著，等張府那邊有些動靜再說。咱想，張貴和一旦知道誰殺了他的獨子，以他的個性是絕對不會善罷甘休的。」白淙聽了，有種不太好的預感。

白淙的預感沒有錯。六日後，艾展死在了自己的床上。這消息直到十多日後才傳到臨安衙門。

艾展死了的消息傳到孫府時，郝忠正大為苦惱。郝忠要黑虎幫殺了柳南豐滅口，誰知秦雷不僅沒殺他，還讓臨安捕頭把他帶回去。這柳南豐為了自保，一定會把事情全抖了出來。現下艾展又不明不白的死了，一定是張貴和知道事情的原委後叫人幹的。下一個目標還能是誰！這該如何是好？郝忠在房內踱步。這時門外下人說：「郝總管，老爺請您過去一趟。」郝忠回說：「好，馬上過去。」

孫昶坐在交椅上吃著煙，一見到郝忠來，把煙管擱在一旁。孫昶說：「聽說艾展死了。」

用繩索勒死的。」

郝忠說：「是，今早衙門差役來過府裡。據衙門仵作說，艾展是被人

孫昶說：「知道是誰犯案的嗎？」

郝忠說：「目前不知，但據咱的猜想，以其人之道還治其人之身，應該是張貴和為子報仇來的。」郝忠把柳南豐、黑虎幫、臨安捕頭等事說了。

孫昶說：「張貴和在朝中是有些關係，咱們也有些勢力。如果張貴和只執意報仇，那他的眼光也未免太短淺了，還沒弄明白他兒子究竟為何會死。他的下個目標會是這裡，這幾日你少出門。若要出門，也要多帶些人手。對了，順便要陳慶派兩支小旗到咱們府內來，就說是修繕房舍需要。」

郝忠說：「之前已經傳話給管千戶了，咱再去跟陳慶說一下。衙門那邊需要去知會一聲嗎？」

孫昶說：「艾展一死，此時的衙門應是風聲鶴唳，人人自危，暫時不宜調動衙門的人手。」

郝忠說：「老爺說的是。」

孫昶說：「柳南豐這事，秦雷竟然暗藏私心，壞了咱的事，日後不能再託付黑虎幫了。江湖幫派若不守江湖規矩，下場多半悽慘。」

郝忠說：「柳南豐會被帶走，完全是秦雷一人所為。至於黑虎幫，日後咱們還有用得著它的地方。老爺放心，咱已經安排好，秦雷非走不可。」

孫昶說：「還有一事，閩江口以北都已成為紅巾會的地盤，派人跟慕容德說，可以去泉州和漳州發展了。」

郝忠說：「是，老爺。」

孫昶說：「不，還是咱倆走一趟姚家蕩，親自跟慕容德說明白。」郝忠點點頭。

嘉興海寧衛乍浦所，管千戶正在琢磨郝忠差人傳來的報信。過了一會，要人去叫楊廣德來。

楊廣德到了管千戶房外，拉拉穿在身上的戎服。門衛進去通報後，楊廣德走進官房，一眼就瞧見桌案後頭陳列的精緻甲冑，和掛在牆上的燕翎刀與銅錘。楊廣德望著那套甲冑，想想自己穿的鎧甲，真不是一個樣啊。

管千戶坐在桌案後，對楊廣德說：「這套甲冑曾擋住過刀砍箭射，每次穿上它作戰時，目標特別明顯，因為它與普通軍士穿的鎧甲不一樣。所以，如果穿上一套上等的甲冑，不是官大，就是早死，哈哈。」

楊廣德說：「不知千戶今日找咱來，有何事吩咐？」

管千戶說：「衛指揮使來令，要咱們所派兩支小旗去嘉興孫府。你帶第四和第五小旗去，由你指揮。」

楊廣德一臉狐疑，說：「啟稟千戶，咱帶小旗去孫府做甚麼？」

管千戶說：「去了之後，聽孫府郝忠總管的調派，無非就是協助房屋修繕之類的。」

對被招募為兵已有數年的楊廣德來說，旗軍私用已不是甚麼新鮮事，幫衙門運糧、修繕官署或是做私工，已成為旗軍的日常。只是調去民宅，這事有點奇怪。楊廣德本想再問，管千戶說：「去就是了，記得穿常服去。」

楊廣德回營房後，吩咐第四和第五小旗，整理輕裝，一個時辰後出發。

在孫府內，孫府主事巴里已安排好旗軍暫時在後院空房安歇，每日飲食也有專人送去後院。楊廣德問，他們到孫府要做些啥事？巴里回說，見了郝總管便知。巴里帶楊廣德到東廂客廳，郝總管已等在那裡。

郝忠見到楊廣德，沒有客套寒暄這事，說話時反倒像是上官對下屬的口氣。楊廣德開門見山問旗軍到孫府的目的。郝忠說：「近日傳聞，有匪徒企圖對孫府不利。孫府雖報給衙門，但衙門說傳聞不可信，他們最多也只會加強巡查，不會有其他作為。咱家老爺想，這萬一要是匪徒真的來了，孫府雖有些武師、家丁，但不一定抵得住匪徒。因此老爺請陳指揮使幫忙，看在多年交情的份上，派些人住進咱府。匪徒若知道府內住有旗軍，肯定不敢前來。你放心，旗軍住咱府內，飲食衣物咱府一應俱全，不用操心。等風聲過了，旗軍自然回衛所營房。事情完了，咱府也會備上薄禮一份，感謝旗軍弟兄的協助。」

楊廣德一聽，哪有這麼好的事，只要住在這裡，啥事也不用幹，完了還有一份禮？楊廣德問：「不過，如果真有匪徒來，那又該如何？」郝忠說：「如果真有匪徒來，也請旗軍能夠出手幫忙一下，畢竟旗軍是操練過的，總比咱府裡的家丁強吧。咱就在隔壁書房，若有事想找咱，儘管來。」楊廣德心裡嘆了一口氣，此地旗軍都被官府挪為私用了，哪有甚麼操練？楊廣德本想再說些甚麼，郝忠直接把指揮使陳慶抬了出來，弄得他有口難言，只得回後院，把郝忠所說的話對旗軍再說一遍，並要大伙當心，說不定真有匪徒來襲。

翌日上午，旗軍在孫府內悠閒度過。不說旗軍，就連楊廣德都未曾見過大戶人家的模樣。大夥初見園裡的亭台樓閣、軒榭廊舫，個個目瞪口呆。孫府內家丁、奴僕眾多，女僕也有一些，為免旗軍心生歹念，胡亂造次，楊廣德令旗軍只能待在房內，不得隨意外出。但為演練匪徒來襲時旗軍的守衛部署，午膳過後，楊廣德還是帶著旗軍在諾大的孫府裡走一圈。

旗軍演練守衛時，多數東張西望，心不在焉，惹得楊廣德破口大罵，說不認真演練，若真有匪徒殺進來，無人能保得住性命。在楊廣德的嚴厲鞭策下，旗軍才有模有樣地演練攻守進退。旗軍演練時，巴里跟在一旁，瞧著這些軍士的操演，臉上一副不置可否的表情，心裡倒是讚佩楊廣德的勇於任事。

第二天傍晚，用過晚膳，楊廣德到後院茅房出恭。突然聽見有五六人躍過後牆，落地的腳踏聲。楊廣德屏氣凝神傾聽，似乎有人說那人在東廂書房，東廂書房不就是郝忠待著的地方。一想到這些人衝著郝忠來，楊廣德趕緊拿手紙擦拭，拉上褲子，衝了出去，大喊匪徒來襲。這一喊不僅驚動孫府家丁和旗軍，也傳到了侵入孫府的匪徒耳裡。

孫府的武師和家丁們聽到楊廣德的喊叫聲後，有的敲鑼大喊賊人來了，有的拿了腰刀、木棍四處搜尋匪徒。在一片吵雜聲中，楊廣德費了些勁指揮慌亂的旗軍，依先前的排練，三人一伍，各自守住孫府的通道，自己再取了一根長棍，直奔東廂書房。

匪徒為首之人眼見被人發現蹤跡，動了殺機，說沒抓到郝忠，也要殺他一片。孫府家丁碰上這些豺狼虎豹，一下子就有好幾人成為刀下魂。孫府武師雖會武藝，卻也不敵匪徒的凶狠。不到一刻鐘時間，武師和家丁死傷慘重，到處血跡斑斑。

當這批人接近東廂房時，剛好碰上守在那裡的巴里和三位武師，以及十來個家丁，雙方在廂房前打了起來。巴里的刀法攻守有度，還可應付一陣。武師和家丁的刀法比巴里差些，一下子被殺傷好幾人。巴里眼見已方多人倒地，慘叫聲不斷，心中暗忖不妙。這時楊廣德持著長棍打了進來，大吼旗軍、旗軍。守在各通道的旗軍一聽到楊廣德的呼叫，全往東廂房跑了過來。

入侵的匪徒總共六人，不費啥力氣地解決孫府的武師和家丁後，本想直接衝入東廂房，不料卻來了持棍的楊廣德。為首那人上前截住，只是楊廣德的棍法純熟，那人逐漸抵擋不住，又有兩名匪徒過來協助。三人對上楊廣德，一時之間難分勝負。為首之人眼見戰不下楊廣德和巴里，又見數十名家丁圍攏過來，心想不妙，原來孫府已早有準備。發出一聲撤，欲衝出包圍圈，循原路回後院，跳牆逃走。

六名匪徒往回跑時，下手毫不手軟，擋路者必殺，奔跑中又殺了一些家丁。待跑到後院圍牆時，縱身一躍，紛紛跳上圍牆。楊廣德追到後院圍牆，眼見匪徒即將走脫，奮力將手中長棍對準匪徒擲去。最後一名匪徒剛跳起，被飛來的長棍擊中背部，往前一仆，撞上圍牆，摔了下來。眾家丁一擁而上，把他壓制在地上。楊廣德命人拿來繩索，將匪徒綑綁。此時巴里也跑了過來，正想將匪徒帶去西廂房審問時，牆頭突然出現一個漢子，手一舉，甩出一支袖箭，貫穿匪徒的頸子，匪徒瞪著眼睛，頭垂了下去。

這場廝殺，旗軍死了八人，受傷好幾人，孫府武師和家丁傷亡更是慘重。匪徒衝著郝忠來，只是當日郝忠並不在府內，而是和孫昶去了嘉興城南的姚家蕩。數日前，巴里曾傳話給紅巾會大當家慕容德，說孫老爺要過去一趟，談些事。慕容德接到這消息時，大感意外中帶著一點驚喜。紅巾會雖替孫府出船運鹽，孫昶卻未曾到過姚家蕩。紅巾會與孫府的聯繫皆透過孫府主事，以前是柳南豐，現今是巴里。為了孫老爺親臨姚家蕩這事，慕容德要屬下好好整理船屋，並請了一品鮮大廚宋福到船屋來備膳。

孫昶抵紅巾會船屋，已是申酉之交，慕容德早早就在船屋碼頭恭候。慕容德領孫昶等人進入船屋主廳，郝忠見主廳內擺了好幾桌，除主桌外，其餘各桌都已坐滿人。廳內眾人見孫昶入廳，紛紛站了起來。孫昶臉帶笑容與眾人打招呼。

慕容德與孫昶兩人互相推讓，最後是孫昶坐上主位，慕容德坐入右手位，其餘分次入座。眾人坐定後，陸續有人將宋福準備的盛宴，一一端上桌。孫昶看了滿滿一桌菜，說：「大當家，今日這菜色還滿講究的。咱猜這是一品鮮宋廚子的手藝吧？」

慕容德說：「難得孫老爺今日大駕光臨，咱當然要盡地主之誼，怎可讓老爺您吃咱們運夫的日常粗食呢？老爺的眼光銳利，這桌菜正是一品鮮宋師傅專門為您準備的菜餚。」

孫昶說：「宋廚子的手藝不是一般，厲害的很。大當家請得動宋廚子，你的面子真夠大啊，哈哈。」

慕容德說：「真不敢當，請動宋師傅的不是咱的面子，而是孫老爺您。咱跟宋師傅說，要備桌酒席請您。宋師傅一聽是您孫老爺要吃的，便滿口答應。若不是抬出您的名號，恐怕再多的銀兩也請不動宋師傅啊！」

郝忠說：「老爺，大當家，大夥別光說著宋師傅啊。看這桌色香味俱全的美宴，再不動筷，在座眾人的肚腸都要糾結成團了。來，大夥先來喝一杯，祝老爺生意興隆通四海！」頓時廳內響起一陣生意興隆通四海的祝賀聲。

郝忠原本想提議擲骰子助興，但因紅巾會眾人多目不識丁，且飲酒後，難免喧嘩胡鬧，故打消念頭。這頓飯吃了有半個多時辰，席間話題不離運鹽船的雜事。吃完後，孫昶、郝忠、慕容德和古海移駕內廳，隨孫昶來的武師待在主廳等候。

郝忠首先開口對慕容德說：「咱們今日來，是要告訴你，嘉興鹽幫的勢力已達閩江口以北。老爺希望你也可以把閩江口以南，福建三府的運鹽一併拿下。」

慕容德說：「老爺的意思是浙江福建的鹽船全收在紅巾會底下？」孫昶點點頭。

郝忠說：「有甚麼難處嗎？」

慕容德說：「閩江口以南的鹽船分成好幾個團夥，怕是需要一點時間。再者⋯⋯」

郝忠說：「銀兩的事，你不用愁，儘管去做就是了。」

慕容德說：「既然是老爺吩咐，咱後日就和古教頭先去摸清三府運貨團夥的底細。」

郝忠說：「好，咱們等你的消息。十日夠嗎？」

慕容德說：「夠。」

郝忠說：「這裡五張銀票，你到泉州，可以去興隆錢莊支銀。」慕容德接過銀票，一瞧，還認得幾個大字，加起來足足一百兩銀，這簡直是一筆天大的財富！小心翼翼把銀票收入貼身內袋。

孫昶和郝忠在紅巾會船屋盤旋有二個時辰，酒足飯飽且談完正事後才打道回府。尚未入門，見大門前有武師帶刀守衛，郝忠心中頓時有股不祥的預感。一入門後，見府內一片凌亂，家丁奴僕正清除地上的血跡。郝忠問怎麼回事，打掃的家丁心有餘悸地說，好多強盜殺進來，見人就砍，府裡死傷好多人。孫昶皺著眉頭，郝忠心裡慶幸自己逃過一劫。這時，巴里聽見老爺已回府，急忙跑過來，將匪徒來襲始末稟報一番。孫昶的眉頭皺得更緊，臉現怒色，問：「知道是何人所為？」巴里回說：「匪徒共六人，個個武功高強，家丁和旗軍不是他們的對手。還好帶隊旗軍楊廣德手腳了得，擋住他們，他們才無法得手。匪徒有一人來不及逃走，被楊廣德一棍打中倒地，卻被匪徒自己人殺人滅口。孫昶原本想去看匪徒的真面目，一想，即使看了也看不出甚麼名堂，對巴里說：「好好清理吧。」說完一轉身，回主房內。

巴里問郝忠，接下來該如何處理？郝忠說：「先把府內清理乾淨，血跡務必清除。明日，衙門的人若來，由咱應付即可，你去忙吧。」

匪徒侵入孫府，造成多人死傷，此事傳出後震動整座嘉興城。翌日一早，嘉興知府、嘉興知縣等大小官員和捕快差役，陸續來到孫府。郝忠在主廳迎接府縣官員，由於事涉鹽利與江湖恩怨，郝總管輕描淡寫，說是盜匪闖入，想搶劫錢財。幸賴全府上下通力抵抗，才得免難。家丁死傷者，會多加撫卹等云云。知府、知縣等官員亦宣示將全力追捕盜匪，以保境安民。衙門捕快將匪徒屍體帶了回去，說要追查匪徒的來歷。官府前腳走後，楊廣德亦帶著剩餘旗軍，垂頭喪氣地回乍浦所去。離去前，郝忠安慰一番，拿出一些銀兩慰問旗軍。

臨安張府偏廳，一個漢子在跟張昭說事。張昭面無表情地聽著，待聽到兩字時，張昭眉頭一緊，問：「你確定沒聽錯？」

漢子說：「咱沒聽錯，咱聽到的正是旗軍兩字，也看到一些穿著常服的人，不像家丁。其中有一個特別厲害，就是他，咱才無法闖入東廂書房。」

張昭說：「咱沒想到他們竟然動用旗軍，這點真是出乎意料之外。」

漢子說：「張總管，事情經過就是如此，這次沒能完成，怪咱們辦事不力。」

張昭說：「莫要緊，給他們點苦頭吃也好。你回去吧，需要時，會再與你聯繫。」

這一日傍晚，白淙帶了些酒菜去牢房見柳南豐。柳南豐劈頭就問，他還會被關多久？白淙回說：「你還想出去？牢房是最安全的地方，如果想出去送死，咱也不會攔著你。艾展死了，被勒死的。」柳南豐一臉不可置信。

白淙說：「你以為咱騙你？再告訴你一件事，幾個歹徒闖入嘉興孫府，說是要抓郝忠，不料被孫家家丁打退。」柳南豐一下子明白過來。勒死艾展和闖入孫府全是張貴和的計謀，如此一來，郝忠已經知道是他洩漏張阿大的死因。白淙說得對，牢房才是最安全的地方。

楊廣德回到海寧衛乍浦所後，心灰意冷，沒想到帶二十名旗軍出門，卻只有十二人回來，其中又有八人受傷。這一仗簡直一敗塗地。孫府就只給那點銀子，人都死了，銀子有啥用？更窩囊的是，旗軍死傷慘重不說，連匪徒的真面目都未見著。打殺了半天，匪徒才死了一人，還是被他們自己人殺的。只能說匪徒武功高強，非一般人可以應付得了。楊廣德在房內哀聲嘆氣，還有一件事讓他心煩，死去的八人，管千戶竟然說暫不補缺，也不向上呈報，依舊在冊。這擺明著就是要吞吃軍餉嘛！

這日，管千戶又叫人把楊廣德找去。楊廣德百般不願意，但也不得不去。一進入千戶所，管千戶一張笑臉對著楊廣德說，孫府的事多虧他的幫忙，才沒有讓匪徒得逞。現在陳指揮使有令，要楊廣德走一趟閩南三府。楊廣德心裡打著悶鼓，這是又要做甚麼？管千戶說：「你是福建人，在定海所待過，對福建一定不陌生。明日午時前到海鹽出海河河口碼頭，自有人帶你上一艘往福建的船。船老大叫慕容德，你就聽他的。這一趟去回大概十來天。」

楊廣德問：「咱去閩南做些甚麼？」

管千戶說：「這一趟只是要探查閩南三府的船運事宜，這事跟漕運和鹽運有關。陳指揮使交代，不可對外透露你的身份，你只需跟著慕容德就行了。」

楊廣德問：「咱路上需要的盤纏，這⋯⋯」

管千戶說：「你無須擔心，幕容德會張羅一切所需。你回去準備吧。」楊廣德本想再說，但轉念一想，閩南離古口鎮不遠，或許可趁機回家一趟也說不定，勉強點頭答應。

翌日天未亮，楊廣德早早便動身前往海鹽。乍浦所與海鹽相距不遠，走不到一個時辰，就已到了河口碼頭。四處張望，見有一艘船停泊在碼頭邊，一個脖子圍著一條紅斤的漢子站在船舷旁東張西望。楊廣德走近時，漢子問明姓名，便領他上船，入了船艙。船艙裡已有兩人，三人相見互通姓名。除了管千戶提過的慕容德外，還有一位古海。

楊廣德沒搭過船，坐在船艙裡覺得新鮮。慕容德笑說，等出了海，會更新鮮。這日風強浪不靜，船航行海上相當顛簸。楊廣德在船艙內晃得連連作嘔，腳步踉蹌地走去船舷邊不斷嘔吐。慕容德走出船艙，拉住船舷繩索，對著楊廣德說，新鮮吧，哈哈。

由於風力強勁，不到一日時間，船已接近閩江口，停泊在長樂太平港。長樂位在閩江南岸，定海所在北岸數十里處。沿著閩江往上游去，可通到谷口鎮。楊廣德雖晃得天旋地轉，剛下船時，腳步虛浮，卻有回到家的感覺。

七、泉州狹路不相逢

楊廣德一行人下船後，去了長樂萬安酒舖。一入門，店小二迎了上去，說：「客官，您們幾位？」楊廣德回說：「就咱們仨。」店小二說：「好的，跟小的來」，帶三人去角落那桌落座。

此時正是傍晚時分，酒舖內已有不少客人。三人點了幾樣葷素菜和三壺建蘭香酒。慕容德問楊廣德：「為啥這酒叫建蘭香酒，莫非在酒裡加上花香不成？」

楊廣德說：「建蘭香酒其實也就是白酒，酒香味有米香、濃香和清香之分，也有那醬香味的酒。咱們這裡也有黃酒，以糯米為原料，有老酒和青紅酒，老酒微甜，青紅柔和，也是好酒。」

慕容德說：「咱還以為福建地處偏僻，應該沒啥好酒，聽你這麼一說，倒是有些，一定要喝它幾壺。」

楊廣德說：「好酒當然是有，但最好喝的酒，還是家裡自釀的米酒。」

三人吃吃喝喝，慕容德閒聊紅巾會走船的一些趣事。楊廣德平日只靠雙腳行走在堅硬的土地上，初聞水上生活，聽得津津有味。

鄰桌幾個看起來像是腳伕的漢子，三五杯黃湯下肚，扯著喉嚨大聲說話。一個穿灰衣的漢子說：「咱們在南碼頭忙活，不知從哪蹦出一群白賴，也想要在南碼頭插上一腳，連吵了三日。咱們的霍腳頭原本不想多事，但那群白賴實在過分了頭，貨船一靠岸，竟然搶著上船去交涉，也不想想南碼頭是誰的地盤。咱腳頭實在無法忍受，帶人把他們抓下船，好好教訓一頓，叫他們知道南碼頭當家作主的是誰。」

另一個有點上了年紀的老漢說：「整個太平港，各有各的勢力，想討生活，要嘛去別處，要嘛靠個頭兒。想要自立門戶分一杯羹，門兒都沒有。」一個穿青衣的漢子問：「可是聽別人說，好多年前不是這樣啊。」老漢拿起酒杯，仰頭一飲而盡，舌頭舔舔留在嘴唇上的殘酒，說：「對，好多年前不是這樣。那時為了爭搶運貨，幾乎是三日一小打，五日一大鬥。你們大概不知道，閩江口的太平港有多麼重要，很多人搶著插旗做生意。閩江往上可通建寧府、邵武府和延平府，只要掌握閩江水路，便可掌握三府。出閩江口，往北通兩淮，往南到安南。你們說這太平港是不是個生財的港口？」同桌的漢子點點頭。老漢壓低聲音繼續說：「尤其啊，閩東的私鹽沿閩江去三府，那可是一本萬利呦，鹽商為這條水路已不知鬥過多少回。」同桌的漢子各個睜大眼睛。老漢一臉不以為意地說：「你們聽聽就好，別當一回事。」

慕容德聽到老漢說起閩江水域，也豎起耳朵聽。

青衣漢子說：「吳老漢你還沒說以前是咋樣鬥的。」

吳老漢又喝了一口酒，拿起筷子夾塊豆干，往嘴裡送。嘴裡咀嚼出豆干的香味，滿意地放下筷子，說：「從太平港運出的貨有鹽、茶、陶瓷和紡織，進來的有各地的南北貨。貨上船下船，皆需要腳伕，還要有跟船老大交涉的腳頭。腳頭既要會武功，也要會買賣。像咱這種粗人，不會文也不會武，只能當腳伕。可是當腳伕也要跟對有本事的腳頭，要不然跟人人倒，靠山山崩。

咱來到碼頭找活時，南碼頭已有四五個腳伕幫，幫裡的腳伕有山裡來的，有本府的，也有外府的。大夥聚在這裡，只希望有活可幹，求個溫飽。咱的師傅曾說，早先時候，碼頭邊的腳伕全都是散工。每天聚在南碼頭土地公廟前的大樹下。貨船一進港，船老大便到土地公廟挑腳伕，上船去搬貨。如果是出港的，貨主也會先到那邊挑人搬貨上船。日子一久，散工也都習慣聚在土地公廟等候。

可是不知從何時開始，有些船老大不再來土地公廟挑人，而是有頭兒帶著腳伕去碼頭搬運貨物。沒有頭兒的散工發現每日可幹的活越來越少，覺得不對勁，於是也找些熟悉的腳伕結成夥，一見到貨船靠岸，或載貨騾車一近碼頭邊，搶著去找船老大或貨主談價。為了搶生意做，各個鬧得很不愉快，鬥毆是常有的事。咱還曾聽說，有些腳伕乾脆在城外攔下進城的貨物，說好聽叫做代運，其實就是打劫，事後丟給幾文錢意思意思。咱們給這夥人取個名字，叫白拉。如果是搶做船老大運貨生意的，咱們叫白賴。

如此一來聚在土地公廟的腳伕越來越少，大伙不是加入哪個幫幫，就是聚在一起成立自個兒的腳伕幫。好些幫還取了名字，比如汀州幫、潮州幫、三山幫。為爭生意或搶地盤，彼此鬥毆。為了讓腳夫們有自保的能力，各幫找來武師教拳腳棍棒武功。以前鬥毆，比的是誰的拳頭硬。卯起勁來打，也不過就是一些筋骨皮肉傷。學會武功後，傷殘的就更多。

了，一抄起傢伙，簡直就像不要命一樣。更糟的是，有的腳伕嫌苦力活累，錢賺得慢，會點拳腳術，跑去當打行，有的去幹那黑心勾當。唉，這該怎麼說呢？」吳老漢一口氣說這麼多，又喝了一口酒。

青衣漢子又問：「咱們吉祥慶又是咋來的？」

吳老漢說：「你這小子就是愛問，你聽得不嫌累，老漢都講到嘴酸。」

青衣漢子說：「咱到這裡也不過個把月，啥事也不知，多知道一些，好長點見識。」

吳老漢說：「要想聽，叫店小二再送壺酒來。」

這時慕容德堆著笑臉，走了過來，說：「各位打擾了，咱也想聽。咱從浙江下來，想做點小生意。初到長樂，人生地不熟。如果老漢您不嫌棄，讓咱們也長長見聞可好？今天這頓酒菜算我的。」慕容德喚來店小二，吩咐重新整治一桌酒菜。店小二也不待老漢他們答話，便把桌上的小菜和酒壺撤下，重新上一桌。老漢本想說不，但見慕容德好客，也不便婉拒，說聲讓您破費了。

慕容德等三人移到老漢這桌入座，老漢開口說：「咱們的幫原本無名字，但為了和船老大交涉，翁腳頭取了幫名叫吉祥慶。咱們的翁腳頭叫翁慶賢，來自山東。他昨來到福建，咱不知。可是他來長樂後，靠著一雙拳頭，在長樂一帶打出了名聲。

翁腳頭想在長樂立業，起先開設武館，但本地習武風氣不盛，沒多少人跟他學武。為了維持生計，見碼頭運貨是個生意，便找了一些人，結成一夥，由他出面去碼頭找船老大交涉。翁腳頭真會做買賣，只要他一出面和船老大談，咱們大概都有貨可搬。看在其它幫眼裡，滿不是滋味的。咱有次問翁腳頭，為啥貨船一到，咱比其他人還忙？翁腳頭笑笑說，做生意嘛，讓利為先，咱們自然有生意可做。不要光想著自己能賺多少，也要幫對方想他能賺多少。大家都有賺，自然就有生意可做咯。咱一想，也對。

咱們在碼頭越忙，碼頭上其他人越是眼紅。有回，咱們忙完了，去街上吃碗麵。吃完遇到安陽縣那群人，彼此互看不順眼，就在街上打了起來。大伙在街上亂鬥，路上行人紛紛走避。不一會兒，衙門捕快差役一路吆喝著跑過來，咱們趕緊開溜。這事被翁腳頭知道後，把咱們訓斥了一頓，告誡咱們不要惹事生非。咱哪有惹事生非，只不過去吃碗麵而已，誰知道安陽縣那幫人會先動手。這事過了兩天，哪知冤家路窄，又在街上富利當鋪前遇到同一夥安陽縣人，咱們幾個又和他們打了起來。

咱們和安陽縣人似乎前世就已結下冤仇似的。翁腳頭覺得不能讓兩夥人這麼地鬧下去，便去找他們的頭兒田坤談。兩人不知咋談的，最後約在葫蘆山普濟寺單挑，輸的退出南碼頭。這場決鬥轟動整個長樂，不過兩方頭兒不准幫眾同行，只有他兩人單獨赴約。

咱們都不知道決鬥如何進行，普濟寺和尚也不肯透露風聲，決鬥結果是安陽幫退出南碼頭。安陽幫幫眾忿忿不平，但田坤說，輸就是輸，技不如人，沒啥好說的。田腳頭真是條漢子，說到做到。這一場武鬥為咱們幫立下聲威，從此其他的腳伕幫不敢再與咱們搶生意，咱們總算坐穩南碼頭的運貨生意。」

青衣漢子說：「原來如此啊！可是翁腳頭後來又去哪兒呢？」

子，老漢說：「咱也不清楚。有一日，翁腳頭說他有遠行，必須出門一陣子，幫裡的事交給霍腳頭。翁腳頭離開也有好一陣子了，到現在都還沒見他回來。還好他替咱幫打下的基礎都還在，咱們還有活可幹。只是，只是……」，吳老漢欲言又止。

青衣漢子問：「只是啥？怎不說下去呢？」吳老漢不是不想說，而是見有外人在場，不願說。慕容德猜出老漢的心思，打哈哈地說：「老漢說得口乾舌燥，讓他歇會啦。來，今日相識算是有緣，咱敬你一杯」，舉起酒杯，古海和楊廣德也舉起酒杯，在座眾人一飲而盡。

慕容德問：「方才聽聞老漢您說到南碼頭各幫，為啥別人以縣名為幫名，而你們卻叫吉祥慶，這有啥緣由嗎？」

吳老漢哈哈笑說：「這位客官，你不是第一個問這個問題的。但凡聽到吉祥慶，都會問那是啥？吉祥慶是翁腳頭取的名字，他說他來自山東，整個南碼頭只有他一個山東人，幫名總不能叫山東幫吧？以縣名為幫名擺明了就是不想容納其他人。五湖四海，有緣相聚，大家交個朋友。朋友之間講的是義氣，何必以名稱來分你我呢？吉祥慶這個名字好聽又好記，大夥歡歡喜喜相聚一場，這比那個甚麼汀州幫、飛沙幫強多了吧？」古海和楊廣德兩人聽在耳裡，想在心裡，這翁腳頭真夠豪氣大肚，有機會得認識認識。

慕容德說：「原來如此啊，想必那翁腳頭是條豪爽的漢子。」吳老漢一臉稱讚地說：「是，的確是條漢子。」慕容德三人和吉祥慶的漢子們吃喝喝，閒聊長樂太平港的腳伕、船運等。吉祥慶是個腳伕幫，只知船一靠港，便有活可幹，卻不知船家是誰。吳老漢也不知道船來船往的船家，或許得到福州或泉州問問，因為他記得翁腳頭曾說，這是福州來的船，那是泉州來的船。慕容德聽後，點點頭。

三人告別吳老漢等人，往南去了泉州。途中經過福清鎮東衛營房時，楊廣德想起之前在定海所的日子，也想起家人和阿蘭，真想回家一趟，去看看朝思暮想的阿蘭。

在路上走了兩日，到了泉州。慕容德一瞧泉州市面，熱鬧不下嘉興，聽聞泉州乃外夷朝貢的港口，故多外夷人士，鹽商也多。三人去了來利客棧，一進門，有人呼喊古海的名字。古海定睛一看，那不是古明嗎？

慕容德和楊廣德只見一個漢子朝他們快步走來。古海迎向前去，兩人四手緊握，同時說好久不見，臉上露出驚喜的表情。

古海向慕容德和楊廣德介紹古明。原來古明是他的堂弟，兩人都是江西仙鶴鎮人，從小一起和鎮裡的武師習武。長大後，家裡的田地不夠家族兄弟們過活，結伴去了饒州。數年後，古海去嘉興，古明移往杭州。由於慕容德和張昭各有交代，雙方不約而同都不願彰顯此行的目的，古海和古明對目前的行業和泉州行等，大抵含糊其詞，只說是來辦事。古明邀古海三人一同入座，也把張昭和同行武師介紹給慕容德等人。張昭叫來店小二，要他重新整治一桌酒菜。在座的眾人，除了張昭和楊廣德外，都是練過武的江湖人，杯觥交錯間，豪爽笑聲不斷。

接下來幾日，慕容德和張昭分別在泉州的碼頭、船行、商鋪等處打探消息。辦事精細的張昭發覺，似乎也有人四處打聽船行和腳伕的分布。經他側面探詢後，知道慕容德一行人到泉州的目的，竟然和他相同。張昭懷疑慕容德一行人是嘉興孫昶派來的。為了查明，張昭要古明去向古海探口風。古明起初猶豫，認為兄弟之間應該光明磊落，不該彼此猜疑刺探。後在張昭說明張老爺的交代，乃勉強藉敘舊之名，單獨邀古海喝兩杯。古海知道古明找他喝酒，欣然答應。

古海和古明去了泉州城東洛陽橋附近的一家小酒鋪，點了幾樣下酒菜，要了兩斤福建老酒。在老酒的助興下，話匣子一打開，兩人便從小時練武說起，一直說到最近。

古海兩頰通紅，帶點酒意地說：「兄弟，你有所不知啊。咱現在當教頭，教幾十，幾百人拳腳功夫。你想啊，練武場上站了幾百人，在咱的號令下，一起出拳踢腿，那場面說有多好看，就有多好看。咱雖不是號令軍士，上陣殺敵的將軍，咱看也差不多了，哈哈。」

古明問：「海哥在哪兒擔任教頭，怎麼會有那麼多人聽你的號令？」

古海說：「咱紅巾會要多少人，便有多少人。如果把白巾會也一起算進來，恐怕有千人吧，哈哈。」

古明聽到紅巾會三字，立即明白堂兄古海是嘉興鹽幫的人，也是嘉興孫府的屬下，這一下子讓他左右為難。阿大少爺的死，以及老爺的私鹽販運都和嘉興孫府有關，這可如何是好？古明本想對古海坦白一切，卻又想到總管張昭的吩咐，最終隱藏了他在臨安張府幹活這件事。

「你沒聽錯？他真的說他是紅巾會的教頭？」：張昭問。古明說：「堂兄說他在會裡教會眾拳腳功夫。」張昭說：「知道了，你下去吧。」古明走後，張昭在客棧房內踱步。張昭心想，嘉興孫府果真覬覦閩江口以南三府的船運。三府船運，一是私鹽，二是南洋貿易。這孫昶的胃口雖不小，以他的實力看中的怕只是私鹽，而不是南洋貿易。明日得找牙郎崔益問一下。

翌日晚膳，張昭在客棧廂房擺了一桌酒席，專請牙郎崔益。崔益在泉州碼頭經營牙行有好些年了，對福建各府的貨物買賣瞭如指掌。

張昭開門見山地說：「今日宴請崔牙郎，乃是本府張老爺想了解福建的販鹽，看看有無買賣的機會。」

崔牙郎說：「聽說貴府張老爺在江浙一帶富甲一方，如今也想到福建這偏遠之處謀生意，這份雄心霸業真令人敬佩啊！」

張昭說：「牙郎謬讚了，老爺只想搬有運無，以利民生，順便賺點蠅頭小錢而已，說不上雄心霸業。」

崖牙郎說：「張老爺眼光獨到，販鹽非小利，說白了，它可是讓人富可敵國的路徑啊！福建府州販鹽各有不同，有官府專賣者，有鹽商代管者，還有那百花齊放的私鹽販賣。咱不說那官府專賣，鹽商代管乃是鹽商向官府供船納銀，由鹽商代為經營鹽業。建寧府壽寧縣楊榮繳納數百兩銀，供船八只，可將閩東的細鹽運到壽寧縣販賣。此類鹽商在山區各府縣所在多有。此種方式形同壟斷專賣，鹽在山區奇貨可居啊，獲利自然不少。不過既然您問了，咱說句實話，福建產的鹽只能在福建賣，是不能運到其他地方去的。而且福建的鹽產量不如兩淮、兩浙、山東等省。

若說到私鹽，咱的律法可嚴呢！犯私鹽者仗一百徒三年。可是沿海私自煮鹽家戶幾乎無所不在，衙門有司管也管不了，還有那灶戶利用餘力自產火食餘鹽。各戶用大船小艇將私鹽運到某地給棚主，棚主再趁夜運給販徒，販徒再走往各地販賣。福建產的私鹽量大，僅是漳州江東橋河每日運北走南的私鹽量可達六萬斤。說到鹽商，為牟利也向官府繳納銀兩，准其收購課外之鹽。官府收入額外銀兩，自然准鹽商所請。在福建本地，官府、鹽商、販徒、灶戶等等想方設法，無不為了鹽利。咱想，貴府張老爺是不明白福建各方為爭奪鹽利，鹽商與鹽商，販徒與販徒不知惹出多少事來，才會想來福建撈有運無。遠的不說，前些日一夥私鹽販就在漳州梅里鎮郊，黑吃黑劫了另一夥私鹽販的五六只鹽船。劫船不打緊，還把人打得死傷慘重，好些船夫落水淹死。官府至今還抓不到那群窮凶惡極的私鹽販哩。」

張昭聽了崔牙郎的一席話，心中有了些想法。

張昭說：「崔牙郎對福建鹽業果真知之甚詳，咱會將您所言一五一十轉告本府老爺，老爺自有他的盤算。咱今日到福建，無非是來增廣見聞罷了。來，這一杯敬您知無不言，言無不盡。」

崔牙郎舉起酒杯，說：「張總管，您過獎了。咱做牙行買賣，哪能不清楚各行各業的底細呢，哈哈。」

張昭和崔牙郎又閒聊一會，張昭說：「時候也晚了，最後一杯酒祝您牙行生意亨通。」臨別前，張昭塞給崔牙郎十兩銀，權充謝禮，崔牙郎笑嘻嘻地收下。

翌日近午時，張昭一行人離開泉州，往臨安走去。泉州本是福建的大港，各式船只往來繁忙。張昭原本想走海路，雇船回杭州。後來想想，走陸路的時程雖長一些，卻可沿途打聽鹽貨運販，遂雇輛馬車代步。

午後行至仙遊木蘭溪渡口，見一隊官兵圍住十多只運送私鹽的小船，雙方似乎爭執不休。張昭一行人不願惹事上身，令馬車停在遠處觀望。官兵與船夫的爭吵、喝罵聲越來越大，眾人只見官兵紛紛拔出腰刀要抓捕船夫。張昭一行人觀望時，谷明似乎認出與官兵爭吵的另一方，有一人好像是古海。待走近一瞧，真的是古海，見他空手力戰五六個圍住他的官兵。不遠處還有一人雖也是空手，卻身手矯健，官兵近不了他身。其餘船夫拿著備在船上的棍棒與官兵纏鬥。古海武功雖高，但一來空手難敵兵刃，二來官兵人數頗多，逐漸落入下風。

谷明瞧著心急，跟總管張昭稟告，想去助堂兄古海一臂之力。張昭不答應，要繞道而行，改走他路。但熬不過古海的哀求，只得應允，於是再三吩咐古明，千萬不可洩漏身分，所有一切後果自負。他帶著武師先離開，谷明完事後到莆田會面。

古明得了張昭的同意後，衝上前去，與古海一起力抗官兵。兩人聯手漸漸取得上風。谷明趁機奪下一把刀，拋給古海。古海一刀在手，舞起六合單刀，殺得官兵節節敗退。

另一邊，楊廣德從被殺傷的船夫手中拿了一根長棍，格擋來刀，打得官兵唉叫不已。帶隊的把總見三人武功高強，己方漸落入下風，大聲喊叫：「你們這些鹽徒私帶兵器，聚眾抗捕，還不放下刀械，束手就擒。來啊，給咱用力殺，抓獲鹽徒重重有賞！」官兵在把總的重賞激勵下，各個像殺紅眼似的，用力砍殺。不一會兒，兩三位武藝不精的船夫已命喪刀下。

古海、古明和楊廣德三人雖身手了得，但不想蹚入緝私鹽官兵與鹽徒之間的糾葛，想盡早抽身離去。古海對楊廣德使個眼色，楊廣德明白後，把一官兵打趴在地，拿著長棍往木蘭溪下游跑去，古海和古明見狀，也跟著跑。圍住他們三人的官兵拔腿追去，卻被把總喊住。

三人跑遠了，不見官兵追來，便放慢腳步。古海問：「怎沒看見大當家？他沒跟咱們跑嗎？」楊廣德說：「一片混亂中，咱沒見到他。他被官兵抓走了嗎？」古海心急，想動身回頭去渡口尋找大當家。楊廣德一把拉住他，說：「急事緩辦，咱們剛跑了出來，此刻再折回去，恐怕是自投羅網。稍待片刻，再去瞧瞧。」

古海無奈地嘆了口氣，看著古明，問說：「你怎會出現在這裡？」谷明把他們離開泉州，乘馬車回浙江，在渡口遇見官兵緝拿私鹽，他見古海空手敵官兵，便來相助說了。古海說：「咱們昨日就離開泉州，今早在木蘭溪口搭乘鹽徒的船只，想沿溪瞧瞧販運私鹽的情形。不料在渡口遇見查緝私鹽官兵，既要沒收私鹽和船只，也要逮人。船夫不甘損夫，豁出去與官兵爭吵，最後兩邊就動起手來。咱們原本只是船客，沒想到無辜捲入這場風波。官兵與鹽徒打了起來，咱們已經無法置身事外，只好也跟著動手，算是無妄之災。」三人聊了一會，想官兵應已帶隊回衙門，便回頭往渡口走去。

到了渡口，只見血跡斑斑，不見人影，就連屍首都已被官兵帶走。古海問：「他們把他帶去何處？」

楊廣德說：「此地屬仙遊縣，應是帶回仙遊縣去了，由縣衙門問刑。接下來，咱們怎麼辦？」

古海說：「還能怎麼辦？當然要救出大當家啊。」

楊廣德問：「就憑咱們三人？」

古海看了古明一眼，說：「咱們兩人，古明不必攪和進來。」

楊廣德說：「咱倆闖趟衙門，不是件難事。可是要從牢房裡把人救出來，這事不好辦，得找些人手。」

古海說：「咱在這裡人生地不熟，去哪找人手。再說了，把人手找齊，怕是緩不濟急。」

古明說：「堂兄，莆田離這裡不遠，咱在莆田識得些人，咱去說說看，或許會助咱一臂之力。可是劫獄非同小可，咱沒把握。」

古海嘆口氣說：「唉，怎會如此呢？」

慕容德漸漸醒了過來，睜開眼睛，發現自己躺在地上，四周昏暗，吸進鼻裡的盡是污穢之氣。感覺後腦杓疼得很，用手一摸，腫了一個包，還有點黏，把手湊近鼻子一聞，帶有血腥味。慕容德坐起來，問旁人：「這是哪？」被問的漢子說：「這種鬼地方還能是哪，牢房啊。」慕容德想起，在渡口下船後，官兵靠了過來，雙方一言不合，打了起來。他正應付兩個官兵，冷不防，後腦杓挨了一棍，當下覺得異常疼痛，接下來就不省人事。

慕容德看看關在這間牢房裡的人，一個都不認識。在牢房裡，他不敢大聲呼叫古海或楊廣德的名字，更不敢透露自己是紅巾會大當家的身份。一旦洩露，梟首是跑不掉的。

一個牢頭走過來，指著慕容德問：「你，姓啥叫啥，哪裡人？」

慕容德隨便編個姓名說：「周泰，浙江湖州人。」

牢頭又問：「湖州人跑來福建幹啥？」

慕容德回說：「咱想來投靠住惠安的表親，誰知表親出外經商，也不知何時才會回來，咱只得回湖州去。咱在木蘭溪搭小船，沒想到被緝私鹽官兵誤認為是鹽徒。不知誰打了咱一棍，醒來後便在這裡了。」

牢頭說：「你這鹽徒倒會編故事嘛，誰鳥你那一套，老爺判你個苦刑還算事小，依律販私鹽拒捕是個斬罪。不過萬事總有個商量……」

慕容德問：「啥？」

牢頭說：「你過來。」

牢頭隔著柵欄，在他的耳邊輕聲說：「叫你家人拿錢來贖人，不然就……」

慕容德小聲問：「要多少錢？」

牢頭說：「這樣」，伸出八個手指。慕容德吃了一驚，心想這簡直是勒索，點點頭不再答話，坐到壅擠的角落裡去。

昏昏沉沉不知過了多少時日，慕容德突然聽見喧嘩聲，似乎有人大聲喊叫大當家，大當家，你在哪。慕容德靠近柵欄，把手伸出去，用盡力氣叫喊咱在這裡。兩個漢子奔過來，一人說：「大當家，咱來救你了。快把鐵鎖砸開。」慕容德一瞧，是古海。同行的漢子拿把鐵桿，撬壞門鎖。被關在牢房裡的人，一湧而出。古海和漢子扶著慕容德，出了牢房，邊走邊喊，兄弟們，咱救到人了，扯呼。十多個漢子跑出監牢，快速往木蘭溪奔去，楊廣德帶兩人斷後。同時跑出牢房的還有二十多個囚犯，一出監牢門，各自逃命去。

古海把慕容德帶上等候在溪旁的小船，喊聲走。其他人也陸續上了別的小船，順著溪水，一個時辰後到了莆田下丘。眾人在此換了大船，往北而去。

慕容德躺在船艙內的床上，古海跟他說三人在渡口失散後的情形。那日，算算也是四天前了，古海、楊廣德和古明一同前去莆田找幫手。古明找到了他的東家，但東家認為劫獄太過冒險，不想惹禍上身。

當古海不知該如何是好，心急如焚時，正巧在街上看見兩名紅巾會的弟兄。古海上前詢問，原來紅巾會有艘船停泊在哆頭鹽場，正準備運鹽，他們到街上採買船上所需。古海去見了船老大後，大伙便計畫到仙遊救人。還好監牢的守衛鬆懈，沒料到會有人膽敢劫獄，這才能順利救出大當家。慕容德聽後，說：「多謝古教頭救命。」古海說：「哪兒的話呢，應該的。那日咱們失散，咱每日心急得要死。現在把你救回來，心上的一塊大石頭總算可以放下了。大當家，你好好歇息，咱們明日便會回到姚家蕩。」

古海走出船艙，見楊廣德一臉憂愁，問：「楊兄弟，你怎麼了？」

楊廣德說：「咱的兵牌掉了，不知掉在哪。兵牌上有咱和衛所的名字，衙門憑著兵牌，可以找到咱的。該死，這該咋辦？」

古海說：「你再找找看，說不定掉在船上哪個地方。」

楊廣德說：「能找的，咱都翻了好幾遍，就是找不到。或許是在牢房裡和牢頭廝打時，不小心掉的。」

古海說：「楊兄弟，先別急，等回到姚家蕩後，咱們再找孫府總管想辦法。」楊廣德嘆了一口氣，望向福建海岸，他多麼想回家一趟。

楊廣德在船上為丟失兵牌一事發愁時，仙遊縣知縣盧義方正拿著他的兵牌，一個字一個字地唸了出來。一旁的師爺李章說：「老爺，這丟失兵牌的人屬衛所軍，浙江海寧衛。這楊廣德膽敢與鹽徒同行，還劫獄，他的直屬百戶和千戶上司免不了被笞刑加減俸。咱們要不要行文給嘉興府，敘明事狀，請他們查明，或者咱們派捕快拿著海捕文書，直接到海寧衛找人？」

盧知縣說：「衛所軍隸屬五軍都督府，莫說咱小小的一個縣衙門對它莫可奈何，即便是知府，多半也不想招惹衛所軍。或許真有一個叫做楊廣德的軍兵劫獄，也許是他人冒名，也未可知。李師爺，你寫份文書，讓劉捕頭帶去海寧衛，把事由問清楚。記住，只是問事，不是拿人。」

李章說：「咱曉得，老爺。」

盧知縣說：「這次匪徒劫獄，咱走失不少囚犯，可有逮回？」

李章說：「已查明共走失二十二人，劉捕頭抓回八人，其餘多半已四處潛逃。」盧知縣說：「丟失囚犯，上頭究責下來，咱可擔當不起。想辦法壯壯匪徒聲勢，順便把衛所軍涉案也寫進去，讓上頭認為此事非同小可。一涉及衛所軍，上頭自然會想大事化小。」

李章說：「老爺說的是，軍兵常惹事生非，又不屬衙門管，唉，地方沉痾啊！」

翌日一早，仙遊縣衙門劉捕頭帶著文書，單槍匹馬前往浙江海鹽。

八、捕頭單刀赴海鹽

臨安張府內，張昭把崔牙郎所說，一五一十地轉述給張貴和聽。張貴和聽完，想了想，說：「如此說來，不值得花力氣去整頓福建鹽幫，因為根本就沒有福建鹽幫這一號。難怪王知府和廖仲傑聽到整頓鹽幫時，推三阻四的，不願明說。況且福建的鹽產量又不大，咱們無需花力氣去跟福建人爭鹽利。」

張昭說：「老爺說的是。咱們既然看出去福建只有弊大於利，嘉興鹽幫對閩南三府的水路船運，應該也無利可圖。那裡的私鹽販子多使用小船，只有到南洋的貿易才用大船。」

張貴和說：「提到嘉興鹽幫，咱就想到阿大的事還沒了。前次找人去辦，非但沒逮到首謀，還折損一人。此事過後，孫府應該會加強人手守衛。看來，硬闖的代價會更大。」

張昭說：「要不，咱們請上頭幫忙？」

張貴和看了張昭一眼，疑惑地問：「上頭？」

張昭說：「對啊，上頭。老爺您忘了，阿大這件事廣叔或許可以幫得上忙。」

張貴和一拍大腿，雀躍地說：「對啊，你不說咱都忘了。一心以為江湖客就可以處理得了，沒往那上頭想去。好，真是太好了，趕緊修書一封，叫張元專程帶去，順便備上一份大禮。」

張昭說：「是，老爺，此事包在咱身上。」

姚家蕩船屋裡頭，巴里聽慕容德說福建行的經過。末了，慕容德說：「咱們紅巾會去閩南應是無利可圖。先不說福建的水域不似咱們這裡便利，官兵不易查獲；就是往山區三府的船運都是官船，小船只通行各縣內村鎮。像咱們兩三只大船在河道上並行的，福建那邊還不多見。若有，也只是往南洋貿易的大船而已。」

巴里說：「這一回大當家真是辛苦了。幸好古教頭和紅巾會弟兄們把您從牢裡救了出來，要不然後果真不堪想像。為感謝您的辛勞，郝總管特準備幾份薄禮，要送給您和弟兄們。」

慕容德嘆了一口氣說：「事情沒辦成，還讓總管費心，真是過意不去。總管的好意咱就收下，改日再親自上門，向總管致謝。」

巴里說：「好。方才大當家所說，咱會一一轉告給總管。咱還有事在身，就不在這裡逗留了，改日再敘，告辭。」

巴里起身要離去時，慕容德喊了一聲，說：「巴主事，這次救咱的，還有一位衛所弟兄楊廣德，請巴主事代咱好好謝謝他。」

一旁的古教頭說：「是啊，多虧楊兄弟，咱們才能順利救出大當家。日後見了他，咱非謝他三壺好酒不可，哈哈。」

巴里說：「咱認識楊廣德，他也幫過咱一個大忙。咱也要好好謝他，改日咱們一起設宴謝他，來個不醉不歸，告辭。」

古海說：「日子訂了，通知咱們，咱們一定到。」

福建興化府仙遊縣衙門捕頭劉宮遠來到海鹽縣衙門，跟裡頭差役打聽海寧衛軍城。差役說海寧衛在方家山山腳下，出了縣衙門往南約十二、三里處。劉捕頭道個謝字後，沿海岸往南走去。行約兩個時辰，望見一座面海的軍城，用磚石包砌，看似修建得頗為堅固。劉捕頭見了門衛，通報來意。城門值守小旗勘驗文書無誤後，領他去見了百戶。

百戶武英已在海寧衛待超過十年以上，還未曾聽聞外府衙門捕頭來尋人的，一般都是海鹽衙門通報軍兵在外鬧事。待明白劉捕頭的來意，便直接了當地回說軍籍名冊上無此人。劉捕頭欲再詢問，武英不耐煩地揮揮手說，沒這人就是沒這人，劉捕頭請回吧。劉捕頭無奈，只好出了海寧衛軍城，往海鹽走去。眼見天色已晚，心想先到海鹽過一宿再做打算。

劉捕頭走出海寧衛軍城時，楊廣德恰好在軍城內的衛指揮使官房門外，與管千戶商量方才衛指揮使陳慶的指示。在指揮使官房內，陳慶對楊廣德說：「這一路多虧你的幫忙，才不致生出啥事端。不過你丟失兵牌一事，管千戶前日已稟報過。咱責令各門衛小旗，若有外府衙門來尋你，便說軍籍名冊上無此人，兵牌應是歹人偽造等語，想來衙門應難以追查到你才是。不過為免衙門緊追不放，咱升你為把總，調去甘肅鎮。」

楊廣德一聽要調去甘肅鎮，整個怒氣將湧上來。管千戶拉一拉他的衣袖，才強忍下那股怒氣，不讓它發作，心裡卻咒罵，你這個王八，咱事事聽你的號令，你竟然過河拆橋。只不過是掉塊兵牌，為了撇清，竟要把咱調去千里外的九邊防守。

陳慶說：「你聽清楚了嗎？」見楊廣德失神似地沒有回話，陳慶提高音量，說：「你聽清楚了嗎？」

楊廣德回神過來，說：「屬下聽明白了。」

陳慶說：「好，下去準備，三日後出發。」陳慶又說：「管千戶，找個人接小旗的位子。」

管有德說：「是，屬下遵命。」兩人步出指揮使官房。

兩人一出門外，楊廣德不禁抱怨指揮使也太無情了。管有德說：「這也是沒辦法的事，你坐上福建私鹽船，參與劫獄，又丟失兵牌。光是前兩件事，爆開了，就是個斬罪，就連咱都要受牽連，衛指揮使的位子恐怕也難保。為你好，也為海寧衛，只好讓你去九邊重鎮。還好你的出身不是軍戶，是募兵來的，啥時想退伍，上個折子便可。指揮使升你為把總，這可是前世修來的福份啊。一般募來的兵，一輩子就是個兵，除非有戰功，不然直到告老還鄉都是個兵。」

楊廣德聽了管千戶的勸說，怒氣自消了一半，但仍忿忿不平地說：「咱盡心盡力，總是有些功勞，把咱調到沿海其他衛所也就算了，竟然調去千里外的邊疆。這不是存心想吃乾抹淨後毀屍滅跡嗎？」

管有德說：「楊廣德，不論你怎麼抱怨，指揮使已經決定了，你快回去收拾，三日後出發去甘肅鎮報到。」

楊廣德無奈地回應說：「是，屬下遵命。」

管有德提醒說：「這兩日最好都待在乍浦軍城裡，沒事不要外出，免得節外生枝。記住了。」楊廣德點點頭。

翌日午時，劉宮遠到海鹽城南市集老李麵鋪用膳，隔桌兩個漢子大口吃著麵條。說是吃，倒不如用吸字比較貼切。兩人吸得嘖嘖聲響，劉捕頭覺得他們的吃麵聲有點吵，不禁朝他們多看了幾眼。其中一個灰衣漢子看劉捕頭望向他們的眼光中帶有厭惡的眼神，也張眼瞪回去。劉捕頭察覺灰衣漢子的瞪視帶有挑釁的意味，搖搖頭笑笑，繼續吃自個碗裡的麵。

吃完付錢走出麵鋪，沒想到那兩個漢子已等在門外。灰衣漢子見劉捕頭出來，逕自向前問：「這位老兄，你我可曾認識？」

劉捕頭回說：「不認識，咋啦？」

灰衣漢子說：「既然不認識，你一直瞧咱們做啥？」

劉捕頭說：「咱哪瞧你啦？咱只不過隨意看看而已。」

灰衣漢子說：「隨意看看？隨意看看會帶著一張臭臉，你是瞧咱們不起吧？」

劉捕頭說：「你這人是咋說話的？沒事不要在這裡胡扯，咱沒那閒工夫陪你嗑牙。」

劉捕頭說完，拔腳正要離開。灰衣漢子卻擋在他的面前，說：「你今日不把話說清楚，休想離開。」

劉捕頭說：「呦，你想當隻攔路虎，想攔咱，你試試看。」

灰衣漢子說：「就是要攔住你，怎的？」拎起拳頭向前靠近。

劉捕頭還從未見過如此霸道的市井小民，不禁怒從心起，出手推了灰衣漢子一把。灰衣漢子忍不住氣，出手打向劉捕頭，另一個漢子也掄起拳頭打去。劉捕頭的拳腳功夫不弱，兩個漢子不是對手。不一會兒工夫，兩人的頭和肚子挨了好幾拳。要不是劉捕頭不想惹大事情，出手節制了些，他們恐怕會被打得倒地不起。灰衣漢子見打不過劉捕頭，拋下狠話，說：「你別走，有膽就在這等著。」劉捕頭心想這只不過是逞口舌，裝模作樣而已，不以為意地說：「等著就等著。」劉捕頭見兩個漢子跑開，便自個往城南門走去，想去海邊查問有關楊廣德。

走出城南門不久，聽見背後紛雜的跑步聲，由遠而近。轉頭一看，原來是方才的灰衣漢子帶了十幾個漢子向他跑來。劉捕頭仔細一瞧，這些漢子的脖子上都繫著一條紅巾。跑在前頭的灰衣漢子大聲喊說：「就是他，別讓他跑了。」劉捕頭見一群人追來，本想拔腿就跑，但又想自己堂堂一個衙門捕頭，豈可見了歹人卻示弱的，遂等在原地。

灰衣漢子一行人跑近後，圍住劉捕頭。一個穿青衣的漢子上前說：「剛才你打了咱們的兄弟，就想無事一走了之？」

劉捕頭本想說明原由，卻懶得解釋，說：「打了又如何？」

青衣漢子說：「你說這話好像是咱們奈何不了你？你也不想想說話這時站在誰的地盤上，還有膽那麼囂張。」

劉捕頭說：「誰的地盤？此地不是海鹽衙門的地盤，還會是誰的地盤？」

漢子們紛紛哈哈大笑，青衣漢子說：「明面上的事由海鹽衙門管，其它的事咱們紅巾會說了算。」一聽到紅巾會，劉捕頭馬上想到獄卒曾說，那日劫獄的匪徒脖子上也都繫著一條紅巾，莫非這夥人就是紅巾會？

劉捕頭提高警覺地說：「紅巾會又如何？」

青衣漢子說：「不咋樣，人打咱一拳，咱回三拳，外加一腳而已。」

劉捕頭說：「閒話少說。來吧。」

青衣漢子說：「你倒是爽快，兄弟們上。」話音一落，三四個漢子便出手攻來。劉捕頭哼了一聲，說：「想以多勝少」，出手招架對方的拳頭。

紅巾會漢子們的武功雖不如劉捕頭，但在輪番上陣之下，劉捕頭漸漸落入下風。青衣漢子見劉捕頭挨了好幾拳，說：「挨那幾下，只有皮肉傷而已，兄弟們再讓他多挨幾拳。」不一會兒，劉捕頭的嘴角已淌出血來，漢子們還不想罷手。

這時有一人從遠處跑來，跳進包圍圈，站在劉捕頭的身邊，說：「你們一大夥人打一個人，這像話嗎？」

青衣漢子見有人管閒事，說：「沒你的事，一邊去，不然連你也一塊打。」

那人說：「以多打少，已勝之不武了，連路見不平也要阻攔，你們這群人真是無理至極。」那人說完，便出拳相助劉捕頭。劉捕頭只見那人出拳剛猛，打得紅巾會漢子們紛紛倒退，自己也出拳對付紅巾會漢子。

青衣漢子見那人拳腳功夫勝過他們太多，再打下去恐怕討不了好，喊說：「停手，今日之事就到此，咱們不想再追究下去。你，報個名號來，讓咱紅巾會認識認識。」

那人說：「咱行不改姓，坐不改名，叫楊廣德。你們這群紅巾會莽漢，你們知道慕容德是誰嗎？」

青衣漢子說：「慕容大當家，咱們有誰不認識？」

楊廣德說：「既然認識，還不快滾，難道要咱去跟他說你們這群莽漢惹事生非嗎？」

青衣漢子一聽心中起疑，不曉得這楊廣德是否真與大當家熟識。不過為免真有其事，惹來斥責，說：「好，今日看在楊爺的面子上，咱們就此罷手。兄弟們，咱們走。」

劉捕頭一聽到那人自稱楊廣德，著實嚇了一跳，心想要找的人竟然就這麼出現在眼前。但見他路見不平，出拳相助，心思一轉，看起來不像個會劫獄的人啊。眼見紅巾會的人走遠了，劉捕頭說：「多謝楊兄出拳相助，今日如果沒遇見你，咱恐怕凶多吉少了。」

楊廣德問：「你咋會惹上紅巾會？」劉捕頭把事由說了，楊廣德笑笑說：「那也沒啥，這群莽漢還真的是莽漢，凡事不分青紅皂白，還以為紅巾會天大地大哩。」

劉捕頭說：「感謝楊兄替咱解圍，咱倆不打不相識，進城去喝它幾壺，一來聊表謝意，二來有緣相識，你說如何？」

楊廣德說：「好啊，咱午膳還未用，走。」

城南鶴陽樓裡，劉捕頭與楊廣德杯酒言歡，情似故友重逢。過了約一炷香時間，兩人的酒也喝得差不多，楊廣德說：「今日和劉兄飲酒，真是痛快，不巧咱還有事要辦，最後這一杯感謝劉兄邀酒。」劉捕頭說：「楊兄說哪話呢，咱要謝你才對，多謝你仗義相救。來，敬你。」兩人把杯裡的酒仰頭一飲而盡。

目送楊廣德遠去後，心想方才用話套他，他卻守口如瓶，不透露丁點口風。他只自稱叫楊廣德，其他一概模糊其詞，咱聽不出個啥名堂來，莫非只是碰巧同名同姓而已？劉捕頭回店裡，跟店小二打聽紅巾會。店小二說，紅巾會是一班走船的船夫，至於載運哪些貨，他不知。劉捕頭聽出店小二不願多談，似怕了紅巾會，跟他道謝後，出城往出海口走去。

走到出海口附近的鹽場時，見有兩艘船泊在河岸碼頭邊，船夫們正把一袋袋的貨扛上船。劉捕頭走近一瞧，一眼看見搬貨的船夫不是繫上紅巾，就是一條白巾圍在脖子上。劉捕頭瞧明白了，原來紅巾會是鹽幫，搬運的怕是私鹽吧？

劉捕頭心裡正思索著，一個身穿青布衣的漢子走近，問：「這位仁兄，想買點鹽嗎？」

劉捕頭見來人一副掮客樣，說：「你有鹽可賣？」

青衣漢子說：「咱沒有鹽，但可介紹您買，多少毋論，價錢公道。」

劉捕頭吡了一聲，說：「來路正當？」

青衣漢子說：「那是自然，鹽引支領的鹽，哪有不正當的道理？」

劉捕頭問：「多少錢一斤？」

青衣漢子說：「一百斤，一兩銀有找。」

劉捕頭說：「聽來便宜，你帶咱去，一手交錢一手交貨。咱要五百斤，有嗎？」

青衣漢子說：「不巧，今日販鹽商外出，無法帶您去。這樣吧，您先付個訂金，明日咱再把鹽給您送去。」

劉捕頭心想哪有這麼巧的事，也沒這樣買賣的，莫非他正誆騙咱？劉捕頭不動聲色地問：「要多少訂金？」

青衣漢子見對方快要上鉤，喜孜孜地說：「不多，先付個一兩銀吧。」

劉捕頭說：「先付一兩銀，明日若沒見你來，該如何？」

青衣漢子說：「買賣生意講的是信用，收了訂金，明日自然準時交貨。」

劉捕頭正猶豫時，一名漢子走近，直接了當地說，他要買鹽，隨即付了十文錢訂金。青衣漢子回說，明日午時過後送到你家。劉捕頭見兩人在他面前假裝買賣，無非就想引他上鉤，於是將計就計，說：「這裡一兩銀，明日午時一刻送到城南門外李三茶肆，咱在那等著。」青衣漢子說：「不成問題，明日準時送到。」

劉捕頭假裝離去，回頭見青衣漢子走遠後，暗自跟在他的後面。這一路就跟到了北城河，見青衣漢子與方才買鹽的漢子會面，兩人笑嘻嘻地說，那人好騙，三兩下子便誆到一兩銀，走，喝酒去。兩人正要起步時，劉捕頭冷不防地竄到他倆面前，兩人嚇了一大跳。劉捕頭說：「咱就知道你倆不是好東西，串謀騙錢是吧？」

青衣漢子說：「你說啥呢，沒這回事。咱說明日把鹽送過去，就會送過去。」

劉捕頭說：「你這話說給三歲小兒聽，他還不信咧，哪有這般販鹽的？你倆分明就是趕船虎，逃得過老爺的眼睛嗎？」[1]

兩人見事跡敗露，拔腿分頭就跑。劉捕頭只追那青衣漢子，跑了幾步，一個縱躍，一把抓住青衣漢子的衣領，說：「看你還往哪兒跑？」青衣漢子被抓住後，跪地求饒，直喊下回不敢了。

劉捕頭說：「還有下回？送你到官府，發邊衛充軍，看你還敢不敢訛詐？」

---

[1] 大明律鹽法：「各處鹽場無籍之徒，號稱長布衫、趕船虎、光棍好漢等項名色，把持官府，詐害客商，犯該徒罪以上及再犯杖罪以下者，俱發邊衛充軍。」

青衣漢子發抖地說：「小人真的不敢了，官爺饒命。」

劉捕頭伸出右手說：「拿來。」

青衣漢子趕緊從內袋掏出那一兩銀，放到劉捕頭的右掌。劉捕頭取回銀子，說：「日後再撞進咱的手中，定送官府嚴辦，滾。」青衣漢子如獲大赦般，一溜煙地跑走。

劉捕頭立在北城河岸旁發呆，心想，紅巾會當日劫獄是錯不了了，只是不知為何，莫非裡頭關押著他們的甚麼人。海寧衛說軍籍名冊上無楊廣德，但真有楊廣德這人，恐怕海寧衛在隱藏些甚麼。楊廣德見義勇為，不像會是參與劫獄的匪徒，他會是紅巾會的人嗎？接下來該咋辦？

楊廣德與劉捕頭在鶴陽樓道別後，快步去了嘉興孫府。楊德廣此行，不為別的，就為了日前在孫府被匪徒所傷的小旗弟兄的醫藥費。敲了孫府的大門，下人見是楊廣德，便開門讓他進去。待知道他的來意後，領他去東廂房見郝總管。自進入孫府大門，楊廣德瞥見數名黑衣勁裝漢子在府內走動。孫府內的事已經與他無關，自是不以為意。

郝忠在廂房內見了楊廣德，滿臉欣喜，連聲道謝，感謝之情溢於言表。楊廣德卻一臉嚴肅地說：「前日來孫府守衛，不料來襲匪徒武功高強，弟兄多有死傷。死的就算了，傷的卻需要醫治。上回給的醫治費不足，希望貴府能再給一些。」

郝忠說：「小旗官覺得需要多少？」

楊廣德說：「咱就打開天窗說亮話，重傷五十兩銀，其餘二十兩銀，共四百五十兩銀。」

郝忠遲疑了一下說：「四百五十兩銀？」

楊廣德說：「是，有兩三人可能落下殘疾。殘疾可是一輩子的事，區區五十兩銀算得了啥。」

郝忠本不想答應楊廣德的獅子大開口，但回頭一想，此次福建行，他出力頗多，又救了慕容德，便說：「好，四百五十兩銀，一言為定。不過，這回給了，沒有下一回了。」

楊廣德爽快地說：「好，不會有下回了，因為咱被調去邊疆。」

郝忠微微一驚，問說：「為啥？」楊廣德將前因後果說了。

郝忠嘆了一口氣，說：「說來也是咱府的事連累了你，像你這般的人才，如果能入咱府來，咱府將如虎添翼啊。」

楊廣德這幾個月來見多了鹽商之間的糾紛，不想淌入私鹽的渾水，說：「多謝郝總管好意，咱是個粗人，只適合當兵。」

郝忠說：「好吧，你稍待，咱叫人把銀兩準備好，讓你帶回去。」郝忠叫下人喚來巴里，巴里一見到楊廣德，滿心歡喜，向他點了點頭。郝忠在巴里耳旁嘀咕幾句，巴里邊聽邊點頭，出了廂房。

不一會兒，巴里揹著一個沉重的包袱進來，放在桌上後，又向楊廣德點了點頭，走出廂房。

郝忠說：「包袱裡有四百五十兩銀，小旗官要不要點一下。」

楊廣德說：「不必了，諾大的孫府應該不會欺咱，如果真的少了，咱會再來。告辭，總管請留步。」說完，從座位起身，揹起包袱，拱手與郝忠道別，走出廂房。

巴里已等在廂房外，見楊廣德出來，陪他走出孫府。巴里一直跟楊廣德道謝，謝他那日奮力退敵，說要不是他，孫府上下的死傷會更多。楊廣德倒是沒說甚麼，只說上頭要他來幫忙，他只是盡本份而已。巴里也提慕容德和古教頭想要謝他，約明日午時在楊柳灣一品鮮客棧一聚。因被調往邊疆而憋了一肚子氣的楊廣德，正想找人好好喝兩杯解氣，滿口答應。

楊廣德回到乍浦所軍城，把帶回來的銀兩分給那日受輕重傷的旗軍。分完後，竟還剩五十兩。楊廣德明白郝總管的用意，也就不客氣地把銀兩收下。收到醫治費的旗軍們紛紛感謝楊廣德，說要不是他出面，本已貧困的旗軍們哪兒找錢醫治傷病呢？楊廣德看這群旗軍，搖搖頭，不發一語地回到自己的營房。

楊廣德離開孫府後，郝忠去見了孫昶，將慕容德等人的福建行擇要說了。郝忠說：「老爺，泉州為外夷朝貢港，朝廷對船只來往管制極嚴，且該地運鹽多用小船舟，不像本地水路四處通達，無礙兩三只大船行駛。咱想閩江口以南的船運一事，恐怕費一番心力，還未見得能有所成。」

孫昶說：「如此看來，咱無須再往南發展，除非想做南洋生意。算了，咱的胃口也沒有那麼大。對了，衙門有查出匪徒的身份嗎？」

郝忠說：「沒有。歐陽捕頭來過，說匪徒除了兵器外，身上未攜帶任何東西，以致無法查出真正的身份，只能以無名屍處理。」

孫昶說：「想來也是如此，匪徒早有謀畫，怎會留下蛛絲馬跡？府裡的人手夠嗎？」

郝忠說：「咱已經要丁鵬帶一批手下，守在府內。他們的身手強過衛所旗軍，如果匪徒膽敢再來，鐵定讓他們有來無回。」

孫昶說：「如此甚好，只是這事不能就如此下去，咱們得想出個一勞永逸的辦法。」

郝忠說：「咱也不是沒想過，咱曾想請山西王永王老爺出來說項。王老爺既在邊疆屯田，又有兩淮鹽引。沿海販鹽裡，他說的話，無人敢不買帳。只是若請王老爺出面，反倒顯得咱們是幕後事主。為今之計，就只有將綁架一事推給黑虎幫和艾展，說是秦雷和艾展合謀想擄人勒索，不料卻失手誤殺。」

孫昶說：「這計策聽來可行，就這麼做吧。」

翌日午時未到，楊廣德已在嘉興楊柳灣一品鮮客棧前等候。不久，慕容德和古海兩人走了過來，楊廣德迎上前去，三人見面一陣寒暄。

古海高興地說：「楊兄弟，真是想煞咱啦，咱就盼著和你痛飲一番。」

楊廣德說：「古兄，走，咱們進客棧，喝他個三天三夜，不醉不歸。」

慕容德說：「今日這頓，咱請客，楊兄弟不可推卻。」

楊廣德說：「大當家都這麼說了，咱恭敬不如從命，讓您破費了。」

慕容德說：「說啥話呢？走。」

三人落座，點了一品鮮的五葷三素拿手菜和三壺白酒。店小二剛將酒菜端上桌，巴里也來到客棧。四人旁若無人地談天說地，大口喝酒，引得客棧內的其他客人注目不已。談話間，楊廣德瞥見劉宮遠走入客棧，四處張望，似在尋找空桌。楊廣德起身，跟他招招手。劉宮遠見到楊廣德，逕直走了過來。

楊廣德對其他三人說：「這位是劉宮遠，昨日紅巾會幾個莽漢沒事找他麻煩。咱恰好路過，幫忙排解，把大事化小，小事化無。來，這邊坐。」巴里招來店小二，重新整治一桌酒席。

慕容德問：「昨日發生啥事？」楊廣德把事由說了一遍。

古海說：「嗐，咱以為啥大事呢？原來是一群不長眼睛的傢伙。來，咱叫古海，敬你一杯，望劉兄海涵，不要跟那些粗人過不去。」劉宮遠連忙端起酒杯，一飲而盡。

楊廣德說：「咱介紹一下，這位是慕容德，這是巴里，咱們都在嘉興海鹽一帶幹活。咱們今日得空在這裡飲酒作樂。」

劉宮遠說：「咱叫劉宮遠，福建仙遊人，來浙江訪友旅遊。聽聞嘉興湖光山色，風景秀麗，來此欣賞一番。方才沿鴛鴦湖岸走來，湖岸景色真是美不勝收。」

慕容德等人聽他自稱仙遊人，頓時警覺起來，心想這劉宮遠該不會是衙門捕快吧？慕容德等人交談時，言詞閃爍，既不提紅巾會，更不說福建行，免得惹出不必要的事端。沒想到那巴里渾沒注意，說溜了嘴，竟透露福建行的丁點經過。劉宮遠聽到後，原本存有疑惑的心，這下子幾乎可確定參與劫獄的匪徒必有在座的三人。

聽到巴里露出口風，慕容德三人雖心驚，卻莫可奈何，哪裡知道會跑出一個從仙遊來的劉宮遠！慕容德心想，事已至此，說不得只好找個地方，把他給做了；或者把事情挑明，就看衙門有無膽闖姚家蕩。嗯，還是先不要打草驚蛇，見機再行事。

楊廣德把巴里的話岔開，說些他年少時練武的趣事。一聽到練武，古海雯時來勁，話匣子一打開，滔滔不絕地說個沒停。這一說，直說到寅卯之交。在座眾人的酒也不知喝過幾巡，已多有醉意。楊廣德說：「今日喝酒真是痛快！人說酒逢知己千杯少，咱們已成知己，但恐怕還沒喝到千杯吧？不過這不打緊，改日咱們再補足千杯。來，今日最後一杯，乾了。」說完，仰頭一飲，喝得杯裡滴酒不剩。其他人也喝完杯中酒。

楊柳灣清風徐徐，站在湖岸邊，個個覺得心曠神怡。楊廣德不知是有心還是無意地對劉宮遠說：「有些事最好不要說破。本份這東西嘛，能過且過，太盡責，反倒引來自傷，划不來。」古海湊上來說：「今日識得劉兄，真是樂事一件。他日有緣，咱們再聚，喝他個千杯，哈哈。咱們就此告辭，後會有期。」古海和慕容德兩人拱拱手，隨即離去。巴里也跟著離開。

劉宮遠對楊廣德說：「咱知道楊兄話中有話，放心，咱會記得你出力幫咱解圍。」楊廣德揮揮手說：「小事一樁，不足掛齒，習武之人總要有俠義之風。咱後會有期，告辭。」兩人抱拳為禮，互道後會有期。

望著楊廣德離去的身影，劉捕頭心想這人果真是條漢子。眼見天色尚明，今日就趕點路，早點回家去。

想早點回家的還有楊廣德。楊廣德先把去邊疆報到一事放在一旁，直接去了海鹽出海河口岸，搭紅巾會開往福建泉州的運鹽船。在泉州下船後，顧艘小船沿閩江直上。

九、緹騎奔襲大銅山

張貴和萬萬沒想到，孫府竟然有辦法逃過這一劫！張昭說，張元持專函去了北京，託人轉給廣叔後，不數日錦衣衛北鎮撫司即派出數十名緹騎南下，去了孫府。孫府四週出現大批緹騎，由於事出突然，引得路人紛紛駐足圍觀。嘉興衙門得訊，捕快差役趕去查看，被守在門口的副百戶喝斥，不得干預錦衣衛辦事。閒雜人看那個大陣仗，心想這孫府不知出了啥大事。

不過誰能料到，不久後，錦衣衛像無事般出了孫府，往北直奔而去，來去如一陣風。聽說，錦衣衛去了揚州，調動揚州城守備官兵，以清剿山匪為名，攻打大銅山，斬殺山匪數十人，並抓獲餘黨十多人。經錦衣衛拷問，餘黨招認擄走少爺，是為了勒索，卻沒想到一時失手殺了他。犯下阿大少爺命案的兇手，以及他生前的護院兩人已死於大銅山。命案主謀為衙門捕快艾展和黑虎幫大當家秦雷，艾展已死，秦雷當日趁亂脫逃。錦衣衛已發下海捕文書，務必緝拿秦雷歸案。

張昭說完，看著一臉沉重的張貴和，本想勸說幾句，話到嘴邊，卻沒出口。張貴和兩眼無神地直視前方，也不言語，一直呆坐著。最後還是張昭打破令人窒息的靜默，說：「老爺，看來不知那孫府用了甚麼招數，三轉兩轉，竟把自身撇得乾淨，所有罪責全往艾展和黑虎幫身上推。如今，錦衣衛剿滅黑虎幫，也宣告破了少爺的命案。如此一來，廣叔對您有了交代。而咱們卻有如啞巴吃黃蓮，明知背後主謀就是孫府，卻再也難以出手。一旦出手，咱們反倒成為惹事生非的一端，還對廣叔打了一巴掌。」

張貴和幽幽地嘆了一口氣，說：「他們還能有甚麼招數？有錢能使鬼推磨，就是這一招，只是不知給了多少銀兩，又或答應了甚麼樣的好處。看來阿大的仇是報不了了。」張貴和一臉沮喪，逢年過節送往京城的禮可都沒少，如今有事相託，竟只得個殃及池魚，城門卻未失火的結果。這一口氣怎吞得下？

張貴和料得沒錯，孫昶確實給了銀兩，也答應給好處。只是這兩利相加幾乎讓孫昶的財富大失血！那日錦衣衛突然來到孫府，府外留一隊緹騎守衛，不准閒人靠近，其餘人進入府內，把孫府上下全部驅往後院集中看管。丁鵬的一班手下駐府是為了防匪，沒想到來了一批錦衣衛，沒人敢動手。就連丁鵬也默不作聲，扮作府裡的家丁，和其他人一同待在後院。

錦衣衛百戶蔣榮坐在主廳的主位上，好聲地跟孫昶說，有人密報檢舉孫府涉入臨安張阿大命案，他奉命前來查明真相。若有必要，必須拘捕一干嫌犯。孫昶極力撇清他與命案有任何一丁點的關係，說張阿大是衙門捕快艾展和黑虎幫殺的，孫府上下無人涉入。蔣榮斜眼看了一眼孫昶，說臨安捕頭白淙抓獲孫府主事柳南豐，這柳南豐招認，說是孫府主謀，唆使艾展和黑虎幫擄人。

郝忠解釋說，柳南豐曾是孫府主事，因對三姨女兒明珠有非份之想，圖謀不軌，被老爺發現後驅逐出府。他必定是懷恨在心，胡亂攀咬。蔣榮吪了一聲，說倒是沒聽過這事。郝忠說，若大人要查明，可召明珠小姐前來問話。可事關女子清白，不希望讓外人得知。蔣榮說，明珠是張老爺的女兒，召來問話，大概也不會有啥不同。你倒說說為何艾展和黑虎幫會跑去臨安擄人？

郝忠說，咱不知確切原因。聽聞張貴和販賣私鹽，獲利極豐，或許因此引起黑虎幫的覬覦，才會動起擄人勒索的念頭。至於艾展，人已死，咱不好說他。艾展的死因奇怪，衙門仵作驗屍，說是被勒死。張阿大也是被勒死，咱懷疑孫府得知張阿大的死因，一但知道兇手何人，想是以其人之道還治其人之身。

蔣榮看著郝忠，不懷好意地說，這艾展該不會是你們下手殺害，再故佈疑陣的吧？

郝忠說，大人您這話全是臆測之詞。咱聽說，曾有衙門捕快和江湖人士聯手闖入黑虎幫，帶走柳南豐。大人您想，如果咱們老爺是命案的背後主謀，直接殺了柳南豐，不就天下太平，何必再費心思謀害艾展？

蔣榮嗯了一聲，說你說的倒也在理。停頓一下，拿起桌上的茶杯，聞一下杯裡散發出的茶香，喝一口，說好茶，這上等白毫烏龍，也只有你們大戶人家才喝得起啊，咱們身在公署也只有淡得無味的陳茶可喝。

郝忠心想，能品得出白毫，可見是常喝，這百戶該不會是要談價了吧？

蔣百戶滿意地放下杯子，說這樣吧，咱不能空手回去，對上頭總要有個交代，況且這一路南下，餐風露宿也辛苦啊，哈哈。

郝忠聽明白蔣榮的話中話，說咱知道大人公務繁忙，還要費心處理地方的事。大人來到嘉興辛苦辦事，咱忝為地主，自然是要慰勞大人的辛勞。郝忠說完，伸出右手食指，說請大人喝杯茶。食指再比出一次，說弟兄辛苦了。最後右手手掌全開，說麻煩大人回去覆命，說艾展和黑虎幫擄人勒索，誤殺張阿大。大人您再帶著官兵前去揚州城外大銅山剿匪，如此又得功勞一件。不知大人意下如何？

蔣榮笑咪咪地看著郝忠的右掌一連比出三個數字，說好就這麼辦。不過，聽說你們也販賣私鹽啊，不知咱的耳朵有無聽錯。坐在一旁，一直未答話的孫昶心裡想，你這貪官，已經給了那麼多，臨走還想順手再撈點油水。郝忠看孫昶一臉不悅，連忙說那些都是外頭的傳聞，眾口鑠金啊，聽不得。蔣榮說，是嗎？這麼說來，咱的耳朵背了？郝忠說，大人的耳朵好得很，無知小民亂傳說，污了大人的耳朵。眼下佳節將至，咱差人送些補品，好讓大人耳聰目明。蔣榮說那可真不好意思，只是歲月不饒人，這補品補得了這一回，補不了下一次，這可如何是好？郝忠的脾氣再怎麼好，也難忍受蔣榮的需索無度。但為顧全大局，仍打躬作揖地說，屆時咱府會再送些補品過去，大人免憂煩。蔣榮哈哈大笑說，好，咱卻之不恭，就勉為其難收下咯。到貴府叨擾已久，咱去揚州走走，告辭。

郝忠說大人請稍待片刻，咱先去準備點薄禮。郝忠喚來巴里，在他耳邊吩咐幾句。巴里一邊聽，雙眼瞪得如牛銅鈴般的大，一臉不可置信的樣子。郝忠問聽清楚了嗎？巴里點點頭。

過了不到半炷香時間，巴里來到主廳，跟郝忠點頭示意，說門外已備妥騾車和車夫。蔣榮聽了笑眯眯地說那麼咱們走了。孫昶和郝忠送蔣榮出了孫府，後院看守孫府上下一干人的緹騎亦陸續步出孫府。守在府外的副百戶一聲令下，錦衣衛緹騎上馬，揚長而去。

看著錦衣衛人馬雜沓的背影遠去，孫昶和郝忠心中有怒，卻也鬆了一口氣。

然而，遠在揚州大銅山的秦雷卻倒抽了一口氣，不相信雙耳所聞：「快快開門受降，凡有抵抗，格殺毋論。」

三當家阮鉞匆忙從後房跑了過來，一開口就問：「發生甚麼事？官兵來了嗎？」

秦雷點點頭，說：「值守門衛來報，錦衣衛帶著大批官兵，趁天色未明，悄悄靠近包圍山寨。等瞧清楚時，錦衣衛人馬已出現在山寨門口。」

阮鉞問：「錦衣衛？為何是錦衣衛？他們來做甚麼？」阮鉞一連問了三個問題。

秦雷帶點怒氣地回說：「現在問這些有甚麼用？老三，你帶人守住後寨門，咱擋在這裡，讓這批王八羔子進得來，出不去。快去！」阮鉞帶了五人，去了後寨。

秦雷吩咐兩個善於射箭的弟兄，迅即上屋頂，只要官兵撞門，就往寨外放箭。再命其他弟兄各持長短兵器，守在大門後。若官兵破門而入，務必三人一伍應敵，不要落單。

寨門外的錦衣衛再次高聲喊說：「快快開門受降，凡有抵抗，格殺毋論。」秦雷悶不作聲，站在大廳前，等門破的那一刻。這時傳來破門槌的撞門聲響，咚咚咚。同時，空中撒下數十枝羽箭。秦雷看見羽箭來襲，雖大聲喊叫，已有數人躲避不及紛紛中箭，哀嚎不已。已躍上屋頂的黑虎幫射箭手也開始放箭，卻敵不過對方射來如雨點般落下的羽箭。不一會兒兩人身中數箭，從屋頂上滾了下去。

黑虎幫山寨寨門造得頗為堅固，只是守城官兵帶來的攻門器具更為精良。破門槌撞不到五下，山寨的大門應聲而倒，錦衣衛和大批官兵蜂擁而入。黑虎寨眾人迎上前去截住官兵，兵器碰撞聲、人馬嘶喊聲、慘叫聲頓時在中庭響起。

不到半炷香時間，中庭和屋舍間一片死傷狼藉。隨著兵器碰撞聲漸漸止歇，就連躺在地上的哀號聲也不再聽聞。錦衣衛百戶蔣榮命城守百總將山寨內的一應財物珠寶全數裝車，並同投降的山匪押回揚州，受傷的山匪就地處死，死者和屋舍全數放火燒毀。蔣榮吩咐完後，在緹騎的簇擁下，得意洋洋地回揚州去。

方才當官兵攻入，空地上陷入一片混戰時，手持黑虎九環刀的秦雷施展黑虎刀法，將一把九環刀使得虎虎生風。秦雷的武功自不在話下，殺得官兵不敢靠近。只不過錦衣衛和守城官兵如潮水般湧來，即使秦雷力大也難久戰。邊打邊留意四週情景的他，待見到倒下去的弟兄越來越多時，心一橫，便往後寨門退去。

近後寨門處，一眼瞥見阮鉞滿身是血地躺在地上。秦雷無暇顧及阮鉞的生死，逕直往後門口殺去。守在後門口，防山匪逃竄的官兵，見秦雷不顧性命地殺來，紛紛拿刀迎上前去。殺紅了眼的秦雷已不再管甚麼刀法，見人就劈，逢人便砍。最後竟讓他砍出一條生路，逃出黑虎山寨。

跑了一陣，不見有人追來，秦雷停下腳步，佇足回首往山寨處望去。不一會兒見陣陣黑煙竄起，想是錦衣衛放火燒了山寨。秦雷望著滾滾濃煙，暗自發誓一定要替死去的弟兄報仇。眼見自己孤單一人，心中不免升起一股寂寥感。接下來該怎麼辦？腦海浮起的第一個念頭是，去找在嘉興孫府的丁鵬。可是轉念一想，當初郝忠要咱殺了柳南豐，咱沒下手。不知是否因為如此，郝忠才借錦衣衛之手來滅寨，而主要目的是要除去咱？不知丁鵬是否已被孫府收買？如果是，此刻去找丁鵬，豈非自投羅網？又如果丁鵬尚顧念綠林道義，他應該會和咱聯手替死去的弟兄報仇才是。左思右想，決定先去探探丁鵬的口風再說。

秦雷在孫府門外守了幾日，終於見到丁鵬手下李青走出孫府。秦雷跟在他的後頭，直走進一處僻巷時，叫喊：「李青。」李青聽到有人喊他，覺得奇怪，他在嘉興並無熟識之人，為何會有人喊他的名字？回頭一瞧，竟是大當家，驚訝地問：「大當家，你怎會在這裡？」秦雷回說：「先別管這個，丁鵬在何處？」李青說：「二當家在孫府內，大當家為何不去孫府找他？」秦雷說：「現下不便說明，你回孫府後，告訴二當家，說我在城南城隍廟口等他，請他盡速前來。切記，咱在嘉興這事，千萬不可告訴任何人，除了你和丁鵬之外。」李青雖然不知道發生甚麼事，點點頭說好。

約半個時辰後，丁鵬到了城隍廟，卻不見大當家的身影。等了一會兒，秦雷從廟裡出來，見了丁鵬，說：「跟咱來」，快步往廟後方走去。丁鵬雖不知大當家的用意，也跟了上去。

一到城隍廟後牆，丁鵬先開口問：「大當家，這是怎麼一回事？」

秦雷回說：「怎麼一回事？數日前，錦衣衛帶了大批官兵滅了咱山寨，山寨裡的弟兄，除了咱之外，不是被殺，就是被押回揚州，如今生死未卜。咱來這裡，就是要弄清為何錦衣衛會衝著咱們來？」

丁鵬震驚地說：「咱的山寨被錦衣衛滅了？」

秦雷說：「是，錦衣衛。」

丁鵬說：「數日前，錦衣衛大批人馬曾來嘉興，圍住孫府。咱和弟兄不知發生甚麼事，不敢輕舉妄動，和孫府的家丁奴僕全待在後院，由錦衣衛看管。約莫一個時辰後，錦衣衛便離去。咱沒去問郝總管究竟發生什事，為何錦衣衛會擺出大陣仗圍住孫府？咱到這裡來，為的是防刺客，沒想到等來的卻是錦衣衛。」秦雷問：「你真不知道錦衣衛去孫府的目的？」

丁鵬說：「咱真的不知道，當時咱們都在後院，不知大廳內發生甚麼事，也不知錦衣衛和郝總管說了些甚麼。不要說家丁和奴僕，就連巴里也不知道錦衣衛來的目的。咱曾跟巴里探口風，他說郝總管只交代他去備妥銀兩，其他一概不知。」

秦雷說：「這樣看來，定是郝忠對錦衣衛編造了甚麼言語，再送點禮甚麼的，以至於說動錦衣衛調動揚州官兵來打咱們的山寨。郝忠這廝真是可恨，不殺他，無以洩心頭上的恨，更無法替死去的弟兄報仇。」

丁鵬問：「大當家想怎麼做？」

秦雷問說：「郝忠今日在府裡嗎？」

丁鵬回說：「不在，去了海鹽，明日午後才會回來。」

秦雷說：「好，後日寅時你開門讓咱進去，咱們直接去廂房結果了他。」

丁鵬說：「好，後日寅時為咱們黑虎幫弟兄報仇。」約定完報仇時刻，兩人各自離去。

翌日，秦雷在客棧度過焦急等待的一日。

對張貴和來說，這一日也頗為難熬。難熬是聽了張昭所說後，一直思索不出如何才能為阿大報仇。之前刺殺郝忠失手，之後託廣叔處理，不料卻只滅了個山寨。害死阿大的背後兇手，至今猶逍遙在外。接下來該怎麼做？張貴和在廳內踱步，突然想到柳南豐還關押在臨安衙門，應該再走一趟牢房，問他個仔細。

自打從揚州回來後，白淙覺得臨安真是個舒適的平安地。以往抓捕宵小、巡查街頭，每日事多繁雜，令人煩不勝煩。這回經青鎮遇襲和黑虎幫一戰後，才知刀頭舔血的日子像飽了這一餐，不知下一頓。還是臨安好啊，出門逞逞官威，入門吃喝安睡。話雖如此，白淙的腦海裡總是不自主地浮起莫行遠和蕭不語的瀟灑身影。這兩人武功高，雖也打抱不平仗義相助，卻是拿錢替人消災。也不知消的是啥麼樣的災，不管黑白對錯嗎？白淙坐在公房內想著，門外差役田五喊說：「白捕頭，張老爺來了，知縣請您過去一趟。」白淙哦了一聲，他來做甚麼？

客廳內，吳知縣和張貴和正閒聊著。白淙來到客廳，吳知縣說：「白捕頭，張老爺有事想問柳南豐，你帶柳南豐去典史衙。」白淙說聲是後，看了張貴和一眼，去牢房提領柳南豐。

聽在張貴和的耳裡，柳南豐此時的說詞和當日所說無異，郝忠指使艾展和黑虎幫綁架阿大，黑虎幫失手殺了他。當柳南豐聽聞錦衣衛滅了黑虎幫，郝忠卻置身事外時，他也不感訝異。因為他知道郝忠向來都會把自己撇得乾乾淨淨，要不然怎會要秦雷殺他滅口呢？更何況郝忠出手闊綽，錦衣衛應該擋不住重利的誘惑。再說剿滅山匪，更是大功一件，錦衣衛不會放著兩頭得利的事兒不幹的。柳南豐心想，等到剿滅黑虎幫，破了阿大命案的公文一到，咱大概是無罪開釋吧？

白淙見張老爺聽了柳南豐的話後沉默不語，開口問說：「張老爺，您問完了嗎？」

張貴和回過神來，說：「問完了，已經沒啥好問的了，咱走了。」張貴和起身，再看了一眼柳南豐，搖搖頭嘆口氣，神情落寞地離開典史衙。

柳南豐問白淙，說：「咱應該會無罪開釋吧？」

白淙說：「咱不是知縣，只是個緝匪的捕頭，有罪無罪看知縣吧。走吧，至少待在牢房裡還可保你的一條命。」

兩個月後，臨安衙門接到杭州府轉揚州府送來的文書，謂已查明臨安張阿大命案的兇手為艾展和黑虎幫。黑虎幫已被揚州守城官兵剿滅，艾展被殺害一事，已立案緝凶。

吳知縣看完文書，吩咐差役帶柳南豐到公堂。對著跪在堂下的柳南豐，吳知縣說：「柳南豐，揚州府已查明本縣張阿大的命案，命案兇手已伏法。你既與命案無關，本縣自當將你無罪開釋。你走吧。」柳南豐憋了許久的怨氣，此刻終於獲得釋放。

當晚登峰閣酒樓高朋滿座，杯觥交錯，好不熱鬧。坐在角落一桌的柳南豐卻是神情落寞，毫無解脫的喜悅。白淙和他默默無語地乾了數杯後，問：「你今後有何打算？」

柳南豐苦笑一下，說：「這問題在牢房內想過無數遍。要是萬一咱獲得釋放，咱會做甚麼？去孫府找郝忠算帳？咱在孫府混了好些年，混到最後，竟落得如此下場。你說，咱能不去找郝忠算帳嗎？可是回頭一想，就算咱解決了郝忠，也只是出了一口氣罷了，卻又背個殺人的罪名，划得來嗎？算了吧，就留給老天去處理他。」

白淙說：「有件事咱很好奇。一般要託黑虎幫處理事情，得透過觀音廟前的陳瞎子，難道孫府也是透過陳瞎子？」

柳南豐笑笑說：「要是孫府也如同一般人透過陳瞎子，那豈不太沒有面子了嗎？不，孫府無須透過陳瞎子，黑虎幫內孫府有自己的接頭人。」

白淙問：「接頭人？」

柳南豐說：「是，孫府要找黑虎幫替它處理江湖事，直接找接頭人即可。」

白淙問：「接頭人是？」

柳南豐說：「接頭人是⋯」，隔桌行酒令猜拳的聲音之大，突然蓋過柳南豐的說話聲。

白淙沒聽清楚，問了一句：「你說誰？」

柳南豐說：「丁鵬。」

兩個月前某日寅時，丁鵬打開側門，放秦雷進府。丁鵬說：「郝忠睡在東廂房內，弟兄們已在廂房外等候，走。」當兩人藉著月光，悄無聲響地靠近東廂房時，丁鵬突然發聲喊，一個箭步竄開。秦雷被丁鵬突如其來的舉動嚇了一跳，正想搞清楚丁鵬為何竄開時，一張大網從頭頂上罩了下來。秦雷一察覺有異物墜落，想跳開躲避，卻為時已晚。一張大網將他牢牢罩住，隨即有人把繩索一拉，頓時跌倒，躺在地上動彈不得。

秦雷耳中聽見東廂房門發出伊的聲音，有人從屋內走了出來。勉強抬頭看了一眼來人，是郝忠，身旁還多了一個人，竟是丁鵬！秦雷心中頓時生出許多疑問，事情怎會演變成這樣？

郝忠走向秦雷，說：「你一定想問為什麼，是不是？」秦雷咬牙切齒地看著郝忠。郝忠說：「讓咱來告訴你吧。假如那日你依咱的吩咐殺了柳南豐，就不會生出後面的事端，你也不會躺在這裡動彈不得。就是因你別有所圖，才讓臨安捕頭有機會抓走柳南豐。柳南豐為了活命，一定全盤說出。不然你想，艾展怎會被勒死？怎會有刺客想殺咱？這一切全拜你不殺柳南豐所賜。

那日錦衣衛突然來府，咱一下子就明白，一定是張貴和想要為他兒子報仇而來。咱費盡唇舌，許以重利，說動錦衣衛去揚州清剿黑虎幫，一方面是借刀殺你，一方面給張貴和一個他無法再對咱出手的正當理由。殺死張阿大的就是艾展和黑虎幫。沒想到在錦衣衛重重包圍下，你竟然還能脫困。咱正擔心你會暗中報復，畢竟你暗咱明啊。

還有，要是你一走了之，海闊天空哪裡都可去。可是偏偏你卻又跑來聯絡丁鵬，想藉綠林道義之名，打動他，一起為山寨的弟兄報仇，是吧？你沒料到的是，此舉反而讓自己掉入陷阱，更沒想到丁鵬會站在咱這邊來對付你，而不是和你一起來對付咱。現在也不用再瞞你了，老實告訴你，陳瞎子和丁鵬是咱們安插在黑虎幫裡的人。你以為憑黑虎幫的那點名號，生意就會送上門？黑虎幫只不過是咱們拿來處理江湖事的一個殼子罷了。你一定想黑虎幫沒去綁架張阿大，張阿大的死與黑虎幫無半點干係，對吧？錯了，黑虎幫有去綁架張阿大，只是你不知道而已。好了，說了這麼多，無非是讓你死得瞑目，動手。」

秦雷突然感覺一把尖刀從左背後刺入，刺得心好痛。看了丁鵬一眼，發出疑惑的眼神，似乎問著你為何如此待我？秦雷的眼神逐漸渙散，眼前的人影漸漸模糊，最後像蠟燭棉蕊燒盡般，頓時陷入永恆的寂寥黑暗。

原本人聲吵雜的登峰閣酒樓，隨著客人酒足飯飽，陸陸續續乘著月色離去，只剩下兩三桌仍竊竊私語著。白淙和柳南豐把酒壺內的殘酒倒光，互相舉杯，一飲而盡。兩人雙眼對視，點了點頭，隨即起身。付完鈔，一同步出酒樓，各自走上自己的道路。走了數步，白淙回頭喊說：「下回換你請客。」柳南豐聞言，笑笑回說：「沒問題，屆時白捕頭可得賞個面子，哈哈。」

十、起頭亦是結尾處

谷口鎮梅山坑的景色不過就是郊外尋常的矮山和田野，但看在楊廣德的眼裡，卻有如世外桃源，沒有繁華市容，也沒有刀來劍往。遠遠望見田裡忙活的佝僂背影，楊廣德三步併兩步跑了過去。「阿爸，咱回來了。」田中老農抬起頭，瞇著眼睛仔細瞧，說：「阿德？阿德你回來了。」喊叫聲中帶有驚喜的味道。「是啊，咱回來看一下。」

楊廣德跑進田地，拿起阿爸手中的鋤頭，領著他走回家去。還未到家門口，楊父喊說：「阿德回來咯！」正在屋裡頭縫補衣褲的楊母聽到喊聲，顧不得手邊的針線活，把衣服往旁一擱，急忙走出屋外。一見到整張臉黑了不少的阿德，說：「真是阿德，阿德回來了。阿蘭，阿德回來了。」聽到阿娘的喊聲，阿蘭從屋後快步來到屋前曬稻場。阿德一見到日思夜想的阿蘭，急忙往前跑去。只是阿蘭有點不太一樣，她胖了一點，肚子也大了。楊廣德驚喜之下，一把把阿蘭抱起來。阿蘭害羞得臉頰緋紅，直說：「放咱下來，阿德，這多不好意思，快放咱下來。」

家裡的晚膳雖無山珍海味，卻是近日來吃得最舒服、最愉快的一餐。席間，阿蘭曾說想和楊廣德一起去邊疆。楊母說：「妳已有身孕，不該長途跋涉到那麼遠的地方。」吳頭也說：「是啊，太遠了，妳還是待在家裡。」阿蘭聽見家裡的爹娘都不贊成她隨阿德去遠方，淚水禁不住在眼裡打滾。楊廣德看了她一眼，下定決心說：「阿蘭，沒關係，咱待個兩三年就會回來，最多三年。」阿蘭嘆了一口氣，眼淚還是流了下來。

思緒從梅山坑飄到昌寧堡，回想從家裡一路跋涉，好不容易到了甘肅鎮番衛，副總兵卻又要他到這個只有鳥拉屎的荒郊野外。昌寧堡孤懸在長城外，四周盡是黃沙。軍堡的作用本是警戒外族入侵，昌寧堡卻是時不時要對付偷襲的響馬盜。據說這批神出鬼沒的響馬盜約有百人之多，為首之人是姓劉的兄弟。這批人專門搶農作物和商隊的商品，偶爾也會偷襲軍堡。楊廣德到這裡後，曾和他們交過幾次手。響馬盜仗著馬術精良，老上演你來我跑，你去我追的戲碼，搞得昌寧堡的軍士們怨聲載道，都說這批兔崽子喜歡貓捉老鼠，也不來個真槍實刀的正面對決。

楊廣德正想著如何對付這批響馬盜時，三個看起來像是武林人士的漢子走進酒店。酒保迎了上去，說：「客官，您們打尖或住宿？」

一個中年漢子說：「咱們趕路趕了大半天，路上全是沙，先弄點吃的來。吃完咱們再做打算。」

酒保領漢子們坐到楊廣德的隔桌去，說：「好的，客官葷素不拘？」

中年漢子說：「就來一盤羊肉和五張餅，再來兩壺酒。」

楊廣德瞧這三人很不尋常，一來是昌寧堡少有外人來，若有，多半是去韃靼部落做買賣的商人，或者是一些走私茶葉的販商。這三人行囊簡單，不像是做生意的。二來是三人的武林人士裝扮，與軍堡內的軍士和住民不同，顯得有點突兀。

三人坐下後，一個比較年輕的漢子說：「莫哥，咱們一路追到這裡來，那廝真的在這裡？」被稱為莫哥的中年漢子說：「應該錯不了。咱曾在高屏山會過他們，原本可將他們一網打盡，沒想到一個失誤，又讓這惡賊逃走。早些時候聽柳前輩說，這廝異常凶狠，領著一批響馬，像蝗蟲一般劫了一村又一村。這夥賊人甚麼都搶，搶財物也就算了，離去時殺人又放火，與屠村沒兩樣。各地官兵追了又追，可賊人總是先官兵一步遁逃。這批賊人犯案遍及南山東，神出鬼沒，沒人知道巢穴在哪。

柳前輩的家鄉曾遭賊人蹂躪，恨賊人的作風太過兇殘，無辜村民屢屢遭殃，於是招集一群好漢要為村民除害。他託人快馬送來專函，請咱帶人手與他們會合，一起追擊賊人，務必除惡務盡。前輩為人急公好義，可媲美山東及時雨，向為武林人士推崇。咱接到函後，想也沒想就一口應允。咱和不語等六人星月兼程趕往濟南，與他會合後，分三路打探響馬盜的巢窩。

皇天不負苦心人，大夥打聽十來天後，終於探得他們的老巢位在嘉祥和金鄉間的高屏山。那一帶山區杳無人煙，人跡罕至，而且山區地面廣闊易守難攻。探子說，賊人一出門便是五六日，幾乎是傾巢而出，只留十來個人守著寨子。前輩計畫等賊人出門，咱們先攻佔寨子，以逸待勞。再埋伏一些人手在寨外，等賊人回來時，來個兩頭夾擊。

這條計策甚是不錯，只是沒料到頭目劉大臨時去了別處，沒有隨人馬回寨。咱們固然在高屏山腳下打得響馬盜措手不及，殺了領頭的劉二，卻沒有一網打盡，走了幾條漏網之魚。只是，唉，柳前輩年事已高，為剿匪一事，過度耗損心力，最終仙逝於高屏山。他老人家離去前，還叮囑咱們必須剿滅這幫匪徒，咱也向他保證必定完成他的心願。

咱們從被擒的賊人得知，劉大帶了四五名手下，說要去辦一件事。後來才知道，原來劉大去單縣劫獄，救出他的弟弟劉三。」隔桌的楊廣德耳朵聽到劉大和劉三的名字，一時瞪大眼睛，隨即拿了桌上的酒壺和杯子，起身過來。

被稱為莫哥的中年漢子見楊廣德立在桌邊，不再言語，一桌三人瞧著他。楊廣德笑笑地說：「咱是這昌寧堡把總楊廣德，方才聽見仁兄提到劉大和劉三的名字，這兩個名字聽來似乎是響馬盜的頭目之一。咱正苦惱如何才能逮住這批賊人，是否咱們可一起商量商量？」

中年漢子聽是軍堡內的軍官，連忙說：「軍爺請坐。」

楊廣德說：「誒，別叫軍爺，叫咱阿德就行。」

楊廣德落座後，三人各自報上姓名，分別是莫行遠、蕭不語和柳葉青。楊廣德一聽三人的名字，哎喲了一聲，說：「咱雖識字不多，可是您們三人的名字真是意義深遠，不像咱的名字，聽起來就像清茶淡飯一般。」

莫行遠說：「楊軍爺……」

楊廣德馬上說：「別叫軍爺，叫阿德。」

莫行遠說：「既是如此，咱就無禮了，阿德。」

楊廣德說：「對嘛，就是這樣，來，先敬三位一杯。」楊廣德端起自己的酒杯，先喝了，其他三人連忙端起杯子，也喝了。

楊廣德說：「剛才聽到莫兄說，你們在高屏山打得響馬盜措手不及，那劉大去了哪？」

莫行遠說：「後來劉大聽聞山寨被滅，帶領其餘手下，一路往西逃竄。這批人專挑偏僻小路，沿途經過的村落莫不遭他們的毒手。山東好漢和咱們一路追擊，過了太行山，這批賊人突然失去蹤跡，且也沒有傳出附近村落遭響馬盜洗劫的消息。咱們在山西一帶搜尋數日無果後，便各自離去。沒想到數日前，陝西秦師傳傳來消息說，邊外出現一批響馬盜，騷擾邊境，作風很像橫行山東南部的劉大一夥。咱接獲消息，趕來察看。若真是劉大一夥，咱們決定要將此事做一了結。這一路打聽，便來到昌寧堡。」

楊廣德說：「來，為你們的俠義作風乾一杯，咱佩服得緊。」楊廣德又舉杯喝了，三人也端起酒杯飲了一口。

楊廣德說：「今早，一群響馬盜前來突襲本堡。這批人馬術精良，也善射箭，看起來當中也有些胡人。聽說為首之人是姓劉的兄弟，不知是否就是你口中的那批人？」

莫行遠說：「應該錯不了。劉二已命喪高屏山，劉三是劉大從單縣牢房裡救出，他排行老三，所以叫劉三。」

楊廣德聽來覺得有趣，說：「這名字真有趣，劉大、劉二、劉三，不知這劉家有幾個兄弟？」

莫行遠說：「聽說有八個，有的早夭，有的死於非命，目前只剩三個。」

楊廣德說：「咱只聽過劉大和劉三，不知剩下的那一個叫劉啥？」

莫行遠說：「這也是咱們這趟來想要查明的。對了，方才你說響馬盜來襲，知道賊窩在哪嗎？」

楊廣德說：「咱們不知。昌寧堡外一片黃沙，咱的馬隊曾追擊過，可卻迷路。幸好韃靼人在沙漠中發現馬隊，把他們平安帶回。」

莫行遠說：「如此聽來，要找他們有如大海撈針一般。」

楊廣德說：「那可不！要想找到他們，可得深入黃沙中。只可惜咱們對邊外的一切陌生得很，也不敢亂走亂闖。更何況咱的守備說，軍堡的職責是防守邊界，而不是追擊盜匪。」

莫行遠說：「如此說來，咱們得找個可靠的在地人，既孰悉這片黃沙地，也知道該閉緊嘴巴的人。」楊廣德突然想起，四十里外的寧遠堡住有一牧羊老人，對這附近的地形地勢相當熟悉，這老人叫啥來著？一時想不起來，叫來酒保，問他牧羊老人的名字。

酒保說：「他叫磨古斯，大部分時間都住在昌寧湖邊，冬天時回寧遠堡，偶爾也會來昌寧堡買些雜貨。前兩日才來這裡喝兩杯。」

莫行遠說：「既是如此，咱們明日便去昌寧湖邊找找。酒保，咱仨會在這裡待個四五日，麻煩你準備三間客房，順便準備兩罈酒，咱明日帶去給磨古斯。」

酒保說：「客官，咱酒店只有一間大房，每人一個床位，沒有客房。兩罈酒，倒是沒問題。」

莫行遠說：「好，勞駕你了。」

楊廣德見莫行遠三人有意追擊響馬盜，喜孜孜地說：「太好了，真是感謝莫兄出手幫忙。不過，有件事咱必須說在前頭，咱軍堡的守備大人不見得會熱心打盜賊，要是守備不願出兵，咱們只能靠自己。還有，咱懷疑堡內有賊人的眼線，你們的行動可得隱密，切勿張揚，免得風聲洩露。」

莫行遠說：「好，多謝阿德提醒。」

楊廣德說：「咱外出許久，也該回崗位去了。有需要幫忙的地方，通知一聲，咱走了，告辭。」

翌日一早，軍堡大門放人通行後，莫行遠三人便騎馬往昌寧湖去。幸好昌寧湖距昌寧堡不遠，約半個時辰可到。不然四周一片黃沙，三人不識方位，可就越走越遠，深入黃沙地中，尋不著來時路了。

三人未到湖邊，便見湖北面高處綠地上支起一頂氈帳，氈帳頂上升起裊裊炊煙。待接近氈帳，一條黃狗從氈帳後方竄出，對著來人吠叫，一個老人從裡頭走出來。三人下馬，柳葉青拉住馬兒，待在原地等候，莫行遠和蕭不語一同走上前去。莫行遠向老人說有事詢問後，老人對著柳葉青說：「一起進來喝杯茶吧，放開馬兒，讓牠們自由自在，不會跑遠的。」

老人的氈帳少有來客，莫行遠三人來後，倒顯得有些生氣。蕭不語把兩罈酒遞給老人，老人看了他一眼，也不推辭，一手拿一罈，走入氈帳。

四人坐在有些暖意的帳內，莫行遠把此行的目的說了。老人聽後，不置可否。蕭不語說：「咱們來此，是因為那批人喪盡天良，殘殺無辜百姓，天理難容。咱們有必要阻止他們的惡行。」

老人看了看蕭不語，說：「然後呢？」

蕭不語說：「然後這世上就少了一些惡，小孩可以長大，可以看這片廣闊的草原和一望無際的黃沙。」

老人嘆了一口氣說：「草原上的殺戮何時少過？今日你殺我，明日我殺你，殺來殺去，最終得到了甚麼？」

莫行遠接口說：「咱們此行與部落之間的殺伐不同，雖同樣是殺，咱們是為了保護性命不受傷害而殺，不是為了滿足自己的私慾或野心而殺。」

老人說：「所以你的意思是為了救人而殺人？」

莫行遠說：「是。」

老人喝口茶，思索片刻後說：「好吧，我可以做些甚麼？」莫行遠把計畫說了。老人聽後說：「等我的消息，三天後昌寧堡見。你們既然來了，陪老頭子吃頓飯，喝點你們帶來的酒再走吧，我去宰頭羊。」

三日後，老人如約到了酒店。一踏入門，酒保說：「磨古斯，跟上一次一樣？」

老人說：「跟上一次一樣，還有，有三個漢人住你們店裡吧？」

酒保說：「有，不過他們去找楊把總，應該待會就會回來，您這邊稍坐。」

約一刻鐘後，莫行遠三人回到酒店。一入門，見到老人已坐在窗邊等候，三步併兩步地走了過去。莫行遠略帶歉意地說：「真是抱歉，讓您久等了。方才咱們有些事去找楊把總。」老人說：「沒事，這把年紀待在氈帳內是等，在這裡也是等。」莫行遠三人落座，請酒保拿來小菜和一壺溫酒。老人慢條斯理地喝著酒，莫行遠三人也不催促他，四人就這樣靜靜地一小口一小口啜飲著。

老人瞧瞧三人，開口說：「如果只有你們仨去打賊窩，你們大概有去無回。那一群賊少說也有百來人，單憑三人是滅不了的，除非堡裡的官軍協助。」

莫行遠說：「咱知道咱們勢力單薄，但咱們若能制得了領頭的那幾個，剩下的小嘍囉成不了甚麼氣候。」

老人說：「所以你們不打算尋求軍堡官兵的協助？」

莫行遠說：「是。」

老人說：「真不知該說你們的膽子忒大，還是愚蠢。」

莫行遠說：「就當作是咱們的膽子大好了，不試一試，怎會知道結果如何呢？」老人笑一笑說：「也對。那一群人常在昌寧湖北邊百里遠的亦不刺山出沒，從這裡騎馬去，最少需要一天的行程。他們有時會往東去陝西、山西打劫，一出去得好些天。」

莫行遠問：「您熟悉去亦不刺山的路嗎？」

老人瞪大眼睛瞧莫行遠，自問自答的說：「咱熟悉去亦不刺山的路嗎？」莫行遠見老人瞪著他，且把他的提問又說了一遍，不自覺地笑了笑說：「真對不住，咱問的問題太蠢了。您可以帶咱們去嗎？」

老人問：「就你們三人？」

老人話音未落，門口傳來「不，四人，加咱一人。」坐著的四人同時往酒店門口望去，見是楊把總走了進來。柳葉青起身去拉把鄰桌的椅子，順便要酒保再添四盤小菜和一壺酒。

楊把總落座後說：「咱也會去，那批賊人來堡騷擾數回，咱都還未回敬他們，總要有來有往吧？」

老人問：「會出動軍堡官兵協助嗎？」

楊廣德嘆一口氣，說：「別提了，胡守備說咱們守著軍堡即可，他不想節外生枝。」

老人說：「這麼說來，你們真的是勢力單薄。」說完，望向莫行遠，問：「不想找些人手來？」

莫行遠說：「咱們確實有想找，但一來一往得花上好些天。不若咱們攻其不備，擒賊先擒王，興許也能殺得匪人四散潰逃。」

老人說：「好吧，既然你們執意如此，咱就帶你們去亦不剌山。後天日出前出發，先在山腳下待一宿，你們再商量如何攻寨，咱在山腳下等你們。記住，事成之後，務必立即回山腳下，咱們不作歇息，直接回堡。這樣可好？」莫行遠四人點點頭。

老人又說：「你們去準備三日份人馬吃的糧草、飲水，後日清晨咱在湖邊等你們。」莫行遠等人點頭說好，五人舉杯，互望一眼，一飲而盡。

清晨天尚未全明，頭頂上還掛著幾顆閃爍的星星，楊廣德跟門衛說了幾句話，守衛的士兵便打開軍堡大門，讓四人騎馬出堡。四人在昏暗中，往昌寧湖去。

老人見遠處四人騎馬朝他來，不待會合，逕自朝北騎去。後方為首的莫行遠見老人已出發，吆喝了一聲，雙腿夾住馬肚，催馬快跑。其餘三人亦催馬趕了上去。五人會合後，老人放鬆韁繩，讓馬兒慢步走著。老人說：「一天的行程，無須現在就趕路，你們好好盤算到了後該怎麼做。」莫行遠說：「咱們昨日已經商量好了。」老人說：「那就好，那就好。」說完，拉拉韁繩，坐下的馬兒輕快地跑了起來。約莫兩個時辰後，遠方出現黝黑的山體輪廓。老人拿著馬鞭指指前方的大山，莫行遠等人心想那就是亦不刺山。

亦不刺山腳下，老人看看頭頂上的繁星，嘴裡吃著乾糧，說：「咱們叫這片沙地為騰格里，意思是像天一樣廣闊。這片沙地不全都是黃沙，當中還有草原、湖水。賊人的巢就在前方山坳裡，那裡有處地下泉水。

如果真要找，其實還蠻好找的。只是漢人過慣了農耕生活，一看到這片黃沙，不嚇死也難。」老人言語中調侃莫行遠等四人，幸好夜色來臨，掩蓋四人臉上的尷尬。老人說：「咱們不生火，免得賊人得知有人靠近。夜晚會涼一些，你們早早休息，時候到了，咱會叫醒你們。」四人聽了老人的囑咐，用完乾糧後，各自尋找平坦沙地和衣而臥。

莫行遠三人未曾見過頭頂上如此多閃爍不已的星星，張著眼睛梭巡好幾遍，感嘆天地之浩大。楊廣德卻不知已看過幾百回，每當值夜時，陪伴他們的就只有天上繁星和碩大的明月。楊廣德突然想起，流放犯中有一人曾在朝為官，不知惹了誰，被流放到昌寧堡來。每當月圓時，他總會吟詩，其中一首讓他今夜特別有感。記得他是這樣吟的：

葡萄美酒夜光杯，欲飲琵琶馬上催
醉臥沙場君莫笑，古來征戰幾人回

楊廣德想今夜雖無飲酒，卻躺臥在沙地上，兩三個時辰後，便要去打匪寨，能回得來嗎？如果過得了這一仗，回軍堡後，馬上提出辭呈不幹了，回家種田去。一想到回家，就想起阿蘭。阿蘭就像天上最亮的那顆星，離他好遠。

朦朧中似乎聽到有人叫他，他想應該是阿蘭，可眼睛一睜開，卻是老人叫醒他們四人。四人換上一身勁裝，帶上自己的兵器，一語不發地朝亦不剌山的山坳輕步跑去。

約兩個時辰後，老人望見山坳竄起滾滾黑煙，接著一群馬兒從山裡奔了出來。再過一會兒，三匹馬跑了過來。老人見只有三匹馬，心裡生起一股不祥之感。待馬兒跑近時，才發現有一人橫臥在馬背上。老人見狀，騎上自己的馬，帶上其餘馬匹，往昌寧堡奔去。後方三匹馬上的騎士見老人已先出發，催馬快跑，朝老人而去。

跑了約三里後，前方領路的老人放慢馬兒的速度，等後方人馬跟上。眾人會合，老人才看清橫臥在馬背上的是柳葉青，想是受了重傷的緣故。莫行遠說：「咱們得快回軍堡，否則葉青有性命之憂。」老人正要回話，突然遠方群馬奔騰的馬蹄聲傳入他的耳朵。老人轉頭眺望，後方不遠處揚起滾滾沙塵，追兵來了。莫行遠也看到一群響馬盜朝他們追來，當機立斷說：「麻煩您帶葉青回堡，咱們三人迎上前去阻擋。」老人點點頭，楊廣德把柳葉青移到另一匹馬的馬背上。老人見追兵越來越近，一揚鞭，帶著柳葉青往昌寧堡騎去。

莫行遠三人坐在馬上，面對來人。蕭不語說：「咱們擋他一陣，最好是殺得他們片甲不留。」楊廣德說：「賊人的馬術精良，馬背上廝殺，咱們討不了好。最好能夠逼得賊人下馬，如此對付起來就容易多了。」三人正說話間，冷不防從空中落下數支羽劍，賊人距離不到百步之遙了。

三人互看一眼，雙腿一夾馬肚，馬兒像箭一般往賊人衝去。騎在馬上的楊廣德雙眼直盯著前方的賊人，耳邊傳來撲簌簌的風聲，偶爾加上羽箭從旁掠過的颼颼聲。突然，瞧見一支箭直奔他而來，本能地側身一躲，沒想到左臂中箭，傳來陣陣劇痛。一咬牙，發出喝喝聲，催馬往前急奔。待跑到可看清賊人的面目時，舉起手中柳葉刀，一近身便展開搏殺。楊廣德不只殺賊，也砍馬，因為只有在地面上，他才有殲敵的可能。

楊廣德與賊人廝殺時，眼角餘光卻瞧見蕭不語施展輕功，跑了過來。原來方才他的馬兒中箭倒地，饒是他的輕功厲害，馬兒倒地的一剎那，雙腳一蹬，從馬背上躍起。輕飄飄落地後，往前急奔。待接近賊人時，發出暗器，打人也打馬。

眼見落地的賊人多了起來，楊廣德牙一咬，折斷左臂上的箭，跳下馬砍殺。莫行遠在外圍專門對付未落馬的賊人。莫行遠的劍術雖厲害，但畢竟不是訓練精良的騎兵，可一手操韁繩駕馭座騎，另一手持兵器與敵人對壘。莫行遠心想如此下去，可討不了好，心一橫，也下馬應戰。

賊人見三人全下馬，本想從馬背上居高臨下出擊，卻沒想到蕭不語的暗器打得馬兒疼痛不已，不是萎腳倒地，就是把騎士拋下馬去。賊人頭目一看已無法在馬背上佔便宜，一聲喝令下馬。楊廣德這時才看清賊人還有二十來人，有的拿一把單刀，有人持鐧，力大的則拿狼牙棒。

賊人將三人圍住，領頭的灰衣漢子說：「你們是何人，竟敢偷襲咱們的山寨？」

莫行遠笑笑說：「你們劫村殺人，咱們偷寨燒屋，不過就是以其人之道，還治其人之身而已。沒甚麼好說的，也不必問。」

灰衣漢子說：「報個名號上來，俺刀不殺無名鬼。」

莫行遠笑了兩聲，說：「就憑你也配知道咱的名字？死在你們刀下的無名鬼可多了，可是你們有想知道他們的名字嗎？」

楊廣德插嘴說：「甭跟他們多說，多行不義必自斃，咱們今日就做個了結，殺。」楊廣德話音一落，舉刀砍去。賊人見狀，紛紛舉刀相迎，雙方展開一場廝殺。

這場仗打了約半炷香時間。楊廣德瞧瞧四週，好幾匹馬躺在地上哀鳴，被殺的賊人散落其間，約有十多人吧？有兩人見勢不妙，先行溜走。看著他們逐漸遠去的身影，心想，走在黃沙中不累死，也渴死。還有幾個賊人尚未斷氣，躺在沙地上，鮮紅的血從傷口流出，滲入沙中。楊廣德覺得左臂中箭處傳來的劇痛未消，身上又中刀傷，尤其是狼牙棒一擊，好似要把他的肩頭打碎一般。

蕭不語走了過來，看楊廣德身受重傷，讓他斜靠在倒地馬兒的肚子上，說：「咱把箭拔出來可好？」楊廣德想起說書先生說過刮骨療傷一事，苦笑說：「三國時，關老爺中箭後，華陀幫他刮骨療傷。今日咱中箭，卻是不語替咱拔箭。」蕭不語拿了一塊布，說：「咬著。」楊廣德看了看，張嘴把布咬住。蕭不語一使勁，把箭拔出，灑上一點隨身攜帶的金創藥粉，用楊廣德口中的布，緊緊地把傷口包紮實。當口中的布被取走時，楊廣德痛得破口大罵。

莫行遠蹲在灰衣漢子旁，問：「你的時刻不多了，咱叫莫行遠，曾在高屏山會過你們。可惜那時未能全殲，以致後患不斷。」

灰衣漢子說：「原來是你們！咱想一般官兵的功夫哪有這般厲害，他們要麼怯戰，要麼倚多為勝。咱今日栽在你的劍下，也沒啥好說的，十八年後又是一條好漢。」

楊廣德聽到後，呸了一聲，吼著說：「就憑你？打家劫舍，殺人放火，你也配當好漢？呸！」楊廣德一動怒，牽動傷口，引得陣陣劇痛，不禁破口大罵。

莫行遠問：「咱劍下不殺無名鬼，你叫啥名字？」

灰衣漢子說：「爽快一點，一劍送老子上西天，說那麼多做啥。」

莫行遠說：「不，咱不會讓你死得那麼容易。咱要你多受點苦，就躺在這裡等血流乾，讓沙漠野狼來收拾你。」

蕭不語走過去和莫行遠商量。莫行遠見蕭不語身上也有刀傷，問：「傷得怎樣？」蕭不語說：「不礙事。接下來咱們在這裡等援兵，或者回去？」莫行遠瞧瞧周邊無馬匹，且未受傷的馬都跑走了，說：「咱們一來不識路，二來無水可喝，況且阿德身受重傷，咱們若走回去也走不遠。待這裡等援兵吧，至少還有馬肉可吃，馬血可飲。」

兩人決定後，分頭去倒地的馬兒身上，查看有無飲水或乾糧。灰衣漢子見狀，岔了氣地笑笑說：「別找了，為了追你們，咱們甚麼也沒帶，哈哈。」蕭不語聽見後，瞪了他一眼，說：「都快去見閻羅王了，還那麼多話！」

這一等就過了好幾個時辰。眼見夜幕低垂，莫行遠說：「咱們找找可以燒的東西，堆成一堆燒把火，至少夜晚時會暖一些，順便烤支馬腿。」說完後，兩人分別行動。不久，沙地上燃起一把火，也飄送出肉香味。蕭不語拿著匕首，割下小塊馬肉，遞到楊廣德的嘴邊。楊廣德一張口，咬進嘴裡，咀嚼肉味。

四五個躺在地上的賊人，感覺寒意來襲，掙扎著往火堆挪動身軀。莫行遠看了看，動起惻隱之心，和蕭不語兩人將賊人移近火堆。身體感覺暖和一些的賊人輕聲說了謝字，莫蕭兩人沒說甚麼話，只是點點頭。

這一個夜過得相當漫長。每當火將熄滅時，莫蕭兩人把轡繩、鞍墊、馬鞍，甚至是死者的衣物通通丟進火堆裡。看著再度旺起來的焰火，蕭不語說：「人馬皆亡，他們再也不需要這些東西了。」

曙光乍現，天上的繁星漸漸隱去，火堆也已熄滅，只剩餘煙裊裊。蕭不語驚醒過來，看見遠處一批人馬往這裡奔來，連忙喚醒莫行遠。莫行遠往遠處定睛一看，說：「應該是救兵來了。」蕭不語叫醒楊廣德，再看看其他賊人。灰衣漢子俏無聲息，雙目緊閉，似乎已經死去。餘下的賊人還有兩人一息尚存，其他的也沒有活過剛過去的那一夜。

遠處的人馬逐漸接近，蕭不語說：「是磨古斯，老人回來了」，聲音中帶著一絲喜悅。帶了兩人和數匹馬的老人一見到莫蕭楊三人還活著，高興地說：「真好，你們都還活著，我還擔心你們會成為沙漠野狼的晚餐咧。」莫行遠說：「您來了」，眼神滿是感謝。老人吩咐隨行族人將傷者安置在馬背上，莫蕭兩人各騎一匹馬。老人說：「咱們回去吧。」

楊廣德在床上躺了大半個月，傷勢逐漸好轉，只是左臂不再像以往靈活自如，總覺得無力。這一日，五人再度在酒店小酌。莫行遠把老人帶柳葉青離去後的情形說了，老人說：「你做了對的決定。要是你們決定回軍堡，大概走不出這片沙地。尤其帶著一個重傷的軍爺，說甚麼都是累贅，黃沙會做它該做的事。」楊廣德聽了，心裡覺得老人怎可如此絕情，可是再想一想，他的話好像又有道理。

蕭不語問：「老爺子，為啥跟你來的人不是軍堡的官兵？」

老人回說：「說起這事，咱心中就有氣。咱帶著柳葉青趕回軍堡醫治後，要求見守備。守備的門衛說甚麼都不讓咱進屋裡去。咱火大，在屋外大聲嚷嚷。守備終於聽見咱的吼聲，讓咱進屋去。咱好說歹說，守備說甚麼都不肯出兵。不僅如此，還要懲罰楊軍爺，說他無令私自出堡，罪同逃兵。守備叫來門衛，把咱架出去。咱去找住在軍堡裡的族人，他們願意跟咱一起去救人。事情的經過就是這樣。」說完，看看楊廣德。

楊廣德好像不覺得意外地說：「胡守備老覺得他的職責就只有守住軍堡，其它一概與他無關。咱早就看開了，說穿了，也沒啥。咱明日就提出辭呈，咱是募兵來的，不是軍戶。他要是不讓咱走，鐵定和他沒完沒了。」

柳葉青說：「咱這次能逃過一劫，多虧老爺子的幫忙。要不是您，咱恐怕命喪黃沙，哪還能在這裡和您喝酒，來，敬您一杯。」

莫行遠說：「咱們都來敬老爺子一杯。」五人舉起酒杯，把杯裡的酒喝得一滴不剩。

翌日，楊廣德提出辭呈，胡守備倒是沒怎麼為難他。批了後，跟他說，依律把總四十五歲致仕，但他提前，故無俸祿可領，原有的賦役卻是可免。楊廣德聽後，心裡不是滋味，想咱殺倭寇，剿響馬，到頭來，啥都沒有，還差點丟掉性命。嘆了一口氣，走出守備官房。

莫行遠一行人早已在酒店外頭等候，見楊廣德來了，上馬，往軍堡大門騎去。輪值守大門的小旗見是楊把總，問：「把總，您這回上哪去？」

楊廣德回說：「回家去。」

小旗問：「把總啥時回來？」

楊廣德說：「咱不回來了」，頭也不回地往東南騎去。

小旗一臉驚訝地自言自語說：「他是啥意思呀？」

一旁的旗軍說：「他不會再回來了，可咱得一輩子都守在這裡。」

（全書終）

國家圖書館出版品預行編目資料

鹽捲狂沙記／五虎崗過客　著　－初版－
臺中市：天空數位圖書　2024.04
面：14.8*21 公分
ISBN：978-626-7161-92-0（平裝）
863.57　　113005685

書　　名：鹽捲狂沙記
發 行 人：蔡輝振
出 版 者：天空數位圖書有限公司
作　　者：五虎崗過客
美工設計：設計組
版面編輯：採編組
出版日期：2024 年 4 月（初版）
銀行名稱：合作金庫銀行南台中分行
銀行帳戶：天空數位圖書有限公司
銀行帳號：006—1070717811498
郵政帳戶：天空數位圖書有限公司
劃撥帳號：22670142
定　　價：新台幣 460 元整
電子書發明專利第　I　306564　號
※如有缺頁、破損等請寄回更換

TEL　：(04)22623893
FAX　：(04)22623863
MOB：0900602919
E-mail：familysky@familysky.com.tw
Https　://www.familysky.com.tw/
地　址：台中市南區忠明南路 787 號 30 樓國王大樓
No.787-30, Zhongming S. Rd., South District, Taichung City 402, Taiwan (R.O.C.)